UN HOMME ET SON PÉCHÉ

Né à Sainte-Adèle, Claude-Henri Grignon (1894-1976), fut écrivain, conférencier et pamphlétaire.
*Attiré très jeune par le journalisme, il écrivit d'abord des articles pour l'*Avenir du Nord, *la* Minerve, *le* Nationaliste *et le* Matin, *puis pour le* Canada, *l'*Ordre *et* La Renaissance. *De 1936 à 1942, il publia sous le nom de plume de VALDOMBRE des pamphlets littéraires et politiques.*
Il publia en 1928, Le Secret de Lindbergh, *en 1933,* Ombres et Clameurs *et* Un homme et son péché *et en 1934,* Le déserteur et autres récits de la terre.

UN HOMME ET SON PÉCHÉ fut l'oeuvre maîtresse de Claude-Henri Grignon. Plusieurs fois réédité, réécrit pour la radio et la télévision (« Les belles histoires des pays d'en haut »), ce roman reçut le Prix David en 1935. Étude réaliste de l'avarice de « l'habitant », peinture des moeurs paysannes dans la région des Laurentides de l'époque, ce livre reçut les éloges de la critique. Jean-Charles Harvey le qualifiait de « meilleur roman de moeurs paysannes » et Rex Desmarchais reconnaissait à l'auteur « l'honneur d'avoir gratifié le roman canadien de son premier caractère symbolique, de son premier personnage qui ne soit pas un pantin ».

Un homme
et son péché

OEUVRES DE CLAUDE-HENRI GRIGNON

LES VIVANTS ET LES AUTRES, essai, 1922
L'ENFANT DU MYSTÈRE, récit, 1928
LE SECRET DE LINDBERGH, biographie, 1928
OMBRES ET CLAMEURS, essai, 1933
UN HOMME ET SON PÉCHÉ, roman, 1933
Collection Québec 10/10, 1977
LE DÉSERTEUR ET AUTRES RÉCITS DE LA TERRE, 1934 Éditions internationales Alain Stanké, 1978
LES PAMPHLETS DE VALDOMBRE, 1936-1943

Claude-Henri Grignon

Un homme et son péché

Les belles histoires des pays d'en haut

QUÉBEC

Données de catalogage avant publication (Canada)

Grignon, Claude-Henri, 1894-1976
Un homme et son péché :
les belles histoires des pays d'en haut
(10/10)

Édition originale : Montréal : Éditions du Totem, 1933.

ISBN 2-7604-0648-2

I. Titre. II. Collection : Québec 10/10.

PS8513.R68H6 1998 C843'.52 C98-941083-8
PS9513.R68H6 1998
PQ3919.G74H6 1998

Image de la couverture : *Jean-P. Ladouceur*
Conception : *Les Éditions Stanké (Daniel Bertrand)*

Les Éditions internationales Alain Stanké bénéficient du soutien financier du Conseil des Arts du Canada et de la Société de développement des entreprises culturelles (SODEC) pour leur programme de publication.

Distribué en Suisse par Diffusion Transat S.A.

ISBN 2-7604-0648-2

Dépôt légal: Bibliothèque nationale du Québec, 1998

Les Éditions internationales Alain Stanké
615, boulevard René-Lévesque Ouest, bureau 1100
Montréal (Québec) H3B 1P5
Téléphone: (514) 396-5151
Télécopieur: (514) 396-0440

IMPRIMÉ AU QUÉBEC (Canada)

Préface

Si j'ai choisi comme sujet l'histoire d'un livre qui s'appelle *Un homme et son péché*, c'est que depuis l'apparition de ce livre en 1933, j'ai reçu plusieurs lettres de personnes autorisées, j'ai lu plusieurs critiques de soi-disant écrivains ou intellectuels, j'ai entendu un grand nombre de femmes et d'hommes sérieux me demander d'un air préoccupé si l'avare, Séraphin Poudrier, avait existé ; si l'avarice peut être poussée aussi loin ; si cette histoire est vraie ou si elle est simplement le produit d'une imagination fantaisiste et pour tout dire, un peu folle ?

La question est posée ; je vais y répondre.

Il y a aujourd'hui dans le monde des lettres un grand sujet d'actualité : le roman, le roman moderne, le roman de toujours. Des esprits curieux veulent savoir si le romancier procède d'après nature et s'il travaille sur des faits, sur des personnages qui vivent ou qui ont vécu, ou si enfermé dans une tour d'ivoire, plongé dans un univers où le monde extérieur n'existe pas, il invente de toutes pièces des personnages et leur colle des passions qu'on peut trouver dans n'importe quel traité de psychologie ou de morale ?

Des écrivains de grand talent, Mauriac, Giraudoux, Proust, Montherlant, pour ne nommer que ceux-là, sont encore trop près de nous pour qu'on puisse bien juger l'oeuvre et l'homme. On ignore jusqu'à leur façon de travailler et ce ne sera que longtemps après leur mort que la critique sérieuse, revenue de son éblouissement, pourra juger si ces romanciers ont puisé à la source même de la vie ordinaire et des faits ou s'ils ont vécu dans un monde abstrait, ne s'en remettant qu'aux seules connaissances profondes des passions humaines, pour étayer les éléments nécessaires à la création d'une situation dramatique.

Si je pose en principe que le roman réussi est la peinture d'un fait dans ses détails les plus minutieux, d'un drame, d'un personnage connu de l'auteur, permettez que je vous rappelle certains exemples d'où je tire au moins un semblant de vérité.

On ne peut plus nier aujourd'hui que Balzac, le grand Balzac (oh ! je sais que j'en ferai sourire plusieurs, mais que voulez-vous, je suis un retardataire ; j'en suis encore à Balzac. Dans dix ans, j'aurais peut-être lu à fond Giraudoux et j'en dirai du bien ou du mal, ce qui ne m'empêche pas d'admirer tous ceux qui lisent vite, qui comprennent plus vite encore les romanciers d'aujourd'hui. Et je vous prie de croire que de tels grands esprits ne manquent pas chez nous, ce qui me laisse parfois perplexe) ; personne ne peut nier, dis-je, que Balzac ait tiré profit de son passage dans la vie sociale depuis que l'on sait que le notaire Guyonnet-Merville, chez qui Balzac commença à étudier le droit, servit plus tard de modèle à Merville, l'astucieux avoué que l'on rencontrera si souvent dans l'éternelle *Comédie Humaine*. Il en est ainsi de trois, quatre, dix autres personnages immortalisés par le géant Grandet, la merveille des avares, qui a réellement existé et son Eugénie de même. Et tous ceux qui ont lu Balzac, la plume à la main, et tous ceux qui ont lu ses commentateurs, ses critiques et ses biographes, penseront comme moi.

Vous savez parfaitement que les types

de notaires, de médecins, de fonctionnaires, de paysans, de femmes du monde, de femmes du peuple, de femmes tout court, de commerçants qui passent et reviennent dans cette COMÉDIE hallucinante, vivront aussi longtemps que la société organisée elle-même. Et la question se pose. Est-ce que Balzac les a rencontrés, ces personnages, au cours de sa vie trépidante, chargée d'événements et de coups de tonnerre ? Je le crois. On dit du romancier qu'il « crée » des personnages. C'est lui faire grand honneur. Ainsi que tous les génies véritables, Balzac savait beaucoup de choses sans les avoir apprises et je le soupçonne fort d'avoir su profiter des rencontres qu'il a faites et d'avoir noté sur-le-champ les drames qui entourent infailliblement les existences les plus médiocres et les plus humbles. Enfin, il était Balzac.

Je lisais, il y a quelques jours, l'admirable *Portrait psychologique de Tolstoï* que vient d'écrire François Porché. Il raconte que l'auteur d'*Anna Karénine*, vers la fin de 1872, en était aux travaux préparatoires de son grand roman, c'est-à-dire qu'il « s'appliquait à noter, avec un détail infini, les particularités des usages et des coutumes ».

C'est alors que se passa chez son voisin, un nommé Bibikov, un drame horrible qui fit scandale dans toute la région. Cet homme malheureux, parce qu'il le voulait bien, (remarquez que c'est moi qui parle et non plus François Porché) devint veuf à cinquante ans. Il aima d'amour une nièce de sa défunte femme. Il en fit sa maîtresse. Ces choses-là arrivent. Je le crois. Mais Bibikov était tout feu et tout alcool comme la plupart des Russes. Il était humain aussi et il le savait. Il n'aimait plus seulement sa nièce, mais la femme. Il fit venir chez lui une fort belle gouvernante. Une blonde. Il en fit sa maîtresse. Anna (c'est la nièce) se mit à tempêter. Bibikov la jeta à la porte un soir qu'il faisait grand froid. La malheureuse s'en fut à la station voisine d'où elle écrivit un billet tragique à son oncle. Voici ce qu'elle disait : « Je meurs pour vous. Je vous souhaite d'être heureux avec ELLE, si les assassins peuvent être heureux. Et si vous le désirez, vous pourrez voir mon cadavre sur les rails ».

On découvrit un paquet de chair. On fit l'autopsie. Léon Tolstoï se donna la peine d'y assister en curieux. Vous imaginez quel effet a pu produire sur son imagination débordante un pareil épisode d'une vie impure ? Le romancier venait de trouver la fin si dramatique d'*Anna Karénine*, un des chefs-d'oeuvre du roman universel.

Faut-il rappeler encore le vertige qu'éprouvèrent les critiques les plus froids, et si peu envieux, à la découverte que *Madame Bovary* venait en droite ligne d'un simple fait divers ? Il est vrai que Flaubert s'est placé en face du drame de l'adultère avec toute la puissance verbale de son génie, avec sa prose parfaite (trop parfaite selon moi) et avec sa connaissance inépuisable du coeur féminin, ou tout au moins du coeur atteint de « bovarysme », cancer horrible, maladie incurable et qui fait des ravages ici même dans la bonne vieille province de Québec comme partout ailleurs.

Il est tout de même permis de se demander si Flaubert aurait écrit MADAME BOVARY, s'il n'avait pas trouvé par hasard ce fait divers (l'histoire d'une femme adultère qui s'empoisonne) dont le drame se déroule en province sous ses yeux ? Je sais bien que par le simple jeu de son imagination *épouvantable* il aurait écrit une autre *Madame Bovary*, mais ça n'aurait jamais été celle qui domine aujourd'hui le roman contemporain.

J'ai voulu simplement, en vous citant trois noms célèbres, Balzac, Tolstoï et Flaubert, marquer quel rôle puissant et si évocateur jouent dans le roman les drames de la vie quotidienne.

Je pourrais encore évoquer une belle figure, plus près de nous, celle de Louis Hémon. Ce Français n'a pas hésité à vivre la vie des colons, existence difficile s'il en est, tragédie faite de grandeurs et de beautés réelles. Il est sorti de sa plume un très beau livre, un grand livre. Qu'a fait Louis Hémon ? Il est venu au Canada. Il est allé dans la région du lac Saint-Jean. Il a vu, il a observé. Des Maria Chapdelaine, il en pullule chez nous. Il savait cela, lui. Il ne s'agissait que d'en situer une dans un décor et de la précipiter dans un drame (lequel drame se produit assez souvent du reste). Croyez-vous un instant que le romancier eût écrit *Maria Chapdelaine* s'il n'était pas venu au Canada ? Jamais de la vie. Il a observé sur place. C'est une méthode fort simple. Elle n'a jamais manqué de profiter largement à des romanciers tels que Constantin-Weyer, Claude Farrère, Ernest Pérochon, tous ceux enfin qui veulent peindre d'après nature. Et je nomme encore Julien Green, ce Balzac replié, concentré et qui ne semble se complaire, lui, au génie si lumineux par moments, que dans l'obscurité des âmes les plus fermées et qui offrent le moins de prise à la psychologie. Or, que dit Mauriac, qui dit souvent des vérités, de Julien Green ? « Adrienne Mesurat, écrit-il, n'est pas M. Julien Green, mais M. Julien Green s'efforce d'être Adrienne Mesurat : il touche ce qu'elle touche, sent ce qu'elle sent ; il s'incorpore à sa créature. Pour mieux la suivre, il se soumet à cette règle trop négligée aujourd'hui et sans laquelle aucun récit n'est vivant : M. Julien Green se représente dans ses moindre détours les lieux que fréquentent ses personnages ; il connaît les escaliers, les corridors ; il sait combien il y a de marches au perron et qu'au tournant de la rue, des grappes de glycine pendent d'un mur. Il suit pas à pas Adrienne, avec, parfois, les hésitations et les tâtonnements d'un aveugle qui ne se fie plus à son guide. »

Voilà qui est parlé d'une façon claire et brillante et française.

« Je comprends parfaitement Flaubert, et vous le comprenez comme moi, lorsqu'il s'écrie : « Madame Bovary, c'est moi ». Et je dis tout de suite, afin d'éviter tout malentendu, qu'UN HOMME ET SON PÉCHÉ, que la femme Donalda, qu'Alexis et sa grosse Arthémise, c'est moi. C'est moi en chair et en os, c'est d'autant plus moi que j'ai vu agir ces gens sous mes yeux, que j'ai vécu l'histoire de ces humbles sans histoire et que la plupart des personnages respirent encore au centre même des Laurentides recueillies, soit sur les bords de mon lac, soit sur les bords de la rivière *Aux Mulets* ou de la rivière du *Nord*.

Je vous parle du pays de chez nous, d'un pays qui m'est cher, d'un pays que je connais. Pour moi, seul le passé existe. J'appartiens à un autre siècle. Je ne vis que du passé pour mieux préparer l'avenir. J'aime à lire les vieux journaux, surtout ceux qui relatent les faits et gestes de mon pays natal. Cette poussière des vieux livres garde pour moi une puissance d'attraction incroyable. Et lorsque vous pouvez vous fondre à ce passé et dans ce passé, tout un monde s'ouvre devant vous. Le roman n'est pas loin. Vous pouvez écrire.

On me permettra de dire un mot de mon village de Sainte-Adèle. Je veux parler d'une beauté qui existe, d'une nature extrêmement attirante dans ses raccourcis et dans l'atmosphère qui l'enveloppe. Oh ! certes ce n'est pas le majestueux Saint-Laurent ni la géographie sculpturale du Saguenay. Mais imaginez un simple hameau où respire, autour d'un lac minuscule, la communauté des petites maisons d'un art baroque comme la plupart des maisons du Canada au XIXe siècle, et dont l'ombre dans l'eau semble puiser une couleur et une mobilité qui les font riantes et agréables à voir.

Le village de Sainte-Adèle, à cinquante milles de Montréal, est situé sur un plateau entouré de montagnes où pointent les épinettes et les bouleaux, où méditent les sapins à côté des érables touffus. Un lac, comme je l'ai dit tantôt, sommeille au milieu du paradis. On peut y parvenir par deux routes fort escarpées : l'une au nord et l'autre au sud. Cette dernière étant la moins achalandée, est de beaucoup la plus belle et la plus poétique.

Une fois parvenus sur le plateau, vous

n'êtes pas loin du ciel. De cette élévation terrestre et spirituelle, et de quelque côté que vous portiez vos regards, une poésie intense se dégage de la campagne environnante. Les lignes brisées des collines se confondent au mystère des ravins et des vallons où dorment les lacs et les rivières à l'âme de cristal.

Je ne sais rien de plus ravissant, je ne sais rien de plus éblouissant pour les yeux et pour le coeur qu'un lever de l'aurore, en plein hiver, sur ce pays de montagnes et de rêves. C'est un spectacle qui provoque une sensation « d'être éternellement », la sensation d'une joie parfaite, comparable au saisissement qu'on éprouve à la vue subite d'un beau corps de femme dans toute la pureté de ces lignes.

L'aurore ! Mais elle est annoncée avec des précautions infinies par le point du jour qui va ouvrir la porte du ciel devant l'aube hésitante et mystique, enveloppée de voiles mauves et violets. C'est l'instant de l'extase où la neige apparaît nettement bleue. Puis avec la douceur d'une musique lointaine, une lumière d'or glisse à ras du sol ; elle monte graduellement, ainsi qu'une eau printanière qui déborde sur les collines, au pied des montagnes, découvrant peu à peu les érables à l'écorce de verre et les sapins aux franges de glace qui scintillent. La neige, subitement, devient toute rose pour reprendre peu à peu sa teinte bleuâtre et soumise dès que le soleil surgira dans sa puissance, dominant la terre et les hommes.

Le déroulement de pareilles scènes dure de quinze à vingt minutes et je me demande s'il en est d'autres susceptibles de procurer une ivresse plus intense.

Qu'ils sont nombreux les gens qui arrivent à la vieillesse n'ayant vu que deux ou trois fois dans leur vie le lever du soleil ! J'en connais même qui ne l'ont jamais aperçu. Inconcevable ! Ces personnes vont mourir sans avoir connu un des plus beaux spectacles que Dieu ait créés pour l'émerveillement et pour la consolation des hommes. Comment ces individus peuvent-ils vivre, comment peuvent-ils aimer un beau livre, une belle phrase musicale, une belle fleur, comment peuvent-ils aimer l'amour, s'ils se privent de la source même de la vie et de la lumière où va se jouer le drame du Jour et peut-être leur drame ?

Je vous prie de croire que durant les années si heureuses, si parfaites de joies visuelles et auditives, renouvelées et vécues à la campagne, je n'ai jamais manqué une occasion de jouir en plein des attraits toujours changeants, toujours saisissants que m'offrait la nature. Je me suis levé à toutes les heures de la nuit, quelle que fût la saison. Je traversais le village et m'en allais sur la route déserte, seul et libre, seul avec la nuit immense de paix et de fraîcheur. « Je vivais dans le bruit de moi-même », pour rappeler un des plus grands mots de Montherlant. Je vivais encore avec le passé et tout le passé venait à ma rencontre. Ces moments-là sont inoubliables. Je rentrais une heure, deux heures plus tard. Le village dormait toujours, et tout ce que je pouvais percevoir, en été, c'était le bruit d'une pomme mûre qui tombe ou le saut d'une truite sur les bords du lac.

Enivré de cette ambiance, je pouvais difficilement écrire, mais une fois ressaisi, je m'installais à ma table et j'ouvrais toutes grandes les fenêtres qui donnent sur la montagne.

Je peux bien vous avouer sans fausse modestie que si dans cinq ans, dans deux ans, il reste de mon oeuvre quelques pages lisibles, soyez sûrs que je les aurai écrites dans ces moments-là, dans la nuit la plus pure, soit au point du jour ou soit dans la montée de l'aurore. Je ne sais pas ce qu'on appelle l'inspiration, mais j'ai pressenti ce que pouvait créer une atmosphère favorable.

J'ajouterai, cependant, afin qu'on ne se méprenne pas sur mon compte, que si je vivais aussi intensément de la nature et que si elle a agi aussi profondément sur moi, c'est parce que je me trouvais à Sainte-Adèle, mon pays natal, parce que les anciens ont toujours joué un grand rôle dans ma vie, parce que je place le passé au-dessus de tout. Oh ! je sais qu'il y a dans la vieille province française du Canada, des coins, je ne dirai pas *magnifiques*, mais franchement beaux. Je les connais. Ils me sont étrangers. Je ne saurais y puiser le parfait que je recherche. Je ne veux point dire le « parfait » de l'Art, mais le parfait des principes de vie qui rendent heureux. Du reste, on ne peut pas se séparer de la source où l'on a puisé sa vie.

En 1933, je vivais dans l'atmosphère de 1883. Par les journaux intimes de mon père d'abord et par sa correspondance volumineuse que je connais presque par coeur. Et ses articles, ses articles écrits à la diable, pleins de sel gaulois, publiés régulièrement dans le *Nord* de ce cher Alphonse Nantel et dans l'*Avenir du Nord* de Jules-Edouard Prévost.

Voilà l'ambiance dans laquelle je respirais depuis plusieurs années avant que d'écrire la première ligne d'*Un homme et son péché*. Ce n'était pas un travail de préparation, mais bien le travail lent, pénétrant d'une idée en incubation, et je ne m'en doutais même pas. J'étais tout imprégné du curé Labelle, du vieux William Scott, de Melchior Prévost, de Médard Grignon, de tous les autres, sans oublier les Simard, les Nantel et les de Montigny, tous gens de simplicité et de courage.

Et c'était là le pays de l'avare.

L'avare tel qu'il fut

Et maintenant, voici l'avare, voici Séraphin Poudrier, non pas tel que je l'ai conçu, mais tel que je l'ai connu. On comprendra que la décence la plus élémentaire m'oblige à taire son nom véritable. D'ailleurs, je vous avouerai tout de suite que trois types de chez nous ont servi à la création de mon personnage. Chez l'un, j'ai pris le physique ; chez l'autre, certains tics et certaines manies, tandis que le troisième dont je connais la vie depuis toujours, m'a fortement édifié par des faits précis et par les événements incroyables dont il fut l'objet.

Il est entendu que c'est le troisième qui domine dans le roman.

Certains critiques qui feraient mieux de vendre de la mélasse que d'écrire dans les gazettes, m'ont reproché d'avoir choisi un type exceptionnel et de l'avoir accablé d'une passion poussée à son paroxysme et complètement invraisemblable. Or, laissez-moi vous dire avec toute la sérénité dont je suis capable, que des avares comme Séraphin Poudrier, je peux en trouver des centaines dans la province de Québec, si je voulais m'en donner la peine. Des usuriers, des grippe-sous, des avares tels que Poudrier, mais ils pullulent en terre canadienne, dans les bois reculés de la colonisation et jusque dans les paroisses agricoles les plus prospères.

Mon personnage ne date pas seulement de 1890. Il date de 1690. Reportez-vous aux premiers temps de la colonie. La misère, de la viande sauvage à manger, et le premier blé qu'on récolte paraît plus précieux que l'or. On le cache dans le grenier en prévision de l'avenir. L'économie est devenue non pas seulement une qualité, mais une vertu. Il faut ménager. Cette parole de sagesse devient un axiome. Imaginez maintenant le malheureux qui garde une passion secrète pour l'argent et qui sait en tirer une joie physique et palpable. De l'économie à l'avarice, le pas est vite franchi. C'est la dureté des temps qui a provoqué la passion de Séraphin Poudrier. Et aussi parce que Poudrier est humain et bien préparé à recevoir la maîtresse Avarice qui s'infiltre en lui ainsi qu'une eau lente, insinuante, venue de loin. Le malheureux ne pouvait pas l'éviter. Il aurait dû la combattre, mais il était un mauvais chrétien. Avouez qu'il n'est pas le seul.

Puis, il faut avoir entendu les anciens parler de la misère de ce temps-là. La sainte colonisation au nord de Montréal. Temps héroïques, temps barbares. Pendant vingt ans mon père, le docteur Grignon, a pratiqué la médecine en ce pays d'épouvante. Il franchissait des distances de quinze, vingt, trente milles dans des chemins d'enfer, par des tempêtes dont on ne se fait pas idée. Combien pouvait lui rapporter de pareilles courses dans les montagnes et une telle pratique de la médecine ? Une piastre, une piastre et demie. Souvent même le médecin était obligé d'apporter une brique de lard et des galettes de sarrasin, sachant d'avance qu'il n'y avait rien à manger chez le colon.

Pour bien pénétrer l'âme de Poudrier, il faut s'incorporer à l'existence misérable de ce temps-là, à l'époque où l'on colonisait le nord de Montréal. Une simple anecdote vous en dira plus long que les plus beaux discours.

En 1877, non loin de Sainte-Adèle, trimait un pauvre colon nouvellement marié. Un jour, mon père fut appelé auprès de sa femme en mal d'enfant. Avant d'entrer dans le « shack », le défricheur parla au médecin :

— Écoutez donc, docteur, combien c'est pour un accouchement ?

— Ah ! loin comme ça, mon vieux, à douze milles, ça vaut bien une piastre et demie.

— Ouais ! Ben, écoutez donc, docteur. C'est pas mal cher, ça. Vous couperiez pas ça par le milieu ? Disons soixante et quinze cennes, payés, l'argent sus la table.

— Écoute, mon Jos, fit le docteur, tu trouves pas que tu exagères un peu ?

— Ben, vous savez, j'sus pas riche ; j'· commence rien qu'à couper l'gros bois. Pis, on pourrait p't'être faire un marché ? Si j'vous promettais d'en avoir des enfants tous les ans pis pas prendre d'autres docteurs que vous, ça marcherait-y, soixante et quinze cennes ?

— Certainement, s'exclama le docteur Grignon.

Et il était fort heureux de son marché. Le colon de même. Je vous crois. Tout alla pour le mieux. En 1878, un autre garçon ; en 1879, un autre garçon, en 1880, un autre garçon ; en 1881, un autre garçon, ainsi de suite jusqu'en 1886, alors que le médecin de campagne abandonna la pratique de la médecine pour se consacrer exclusivement à l'agriculture. N'empêche qu'il avait réalisé avec le colon sept dollars cinquante dans l'espace de dix ans.

Mais ce que le médecin n'avait point prévu devait nécessairement arriver. Un autre médecin prit sa place au village et un autre tarif succéda à l'ancien. Le prix d'un accouchement était monté à trois dollars, ce qui n'eut pas pour effet de refroidir les élans amoureux du père Jos. Au contraire. Tous les ans, presque à la même date, jour pour jour, les sauvages passaient chez le colon. Seulement, le docteur Grignon était tenu, par son contrat, à verser au nouveau médecin la différence du prix de l'accouchement, soit deux dollars et vingt-cinq.

On raconte que le paisible village de Sainte-Adèle fut témoin des plus terribles colères qui aient jamais fait trembler les montagnes du Nord. Le gros docteur était-il à écrire un article pour la PRESSE où il louait précisément « l'harmonieuse et si admirable fécondité des Canadiens français » qu'il se levait précipitamment en voyant passer sur la route, le colon Jos qui s'en allait faire baptiser un nouveau-né.

— Jos, Jos, lui criait-il, arrête d'en faire, tu vas me ruiner.

— M'nez votre affaire, docteur, répondait calmement le colon, moé j'mène la mienne.

Il mena si bien la sienne, le brave homme, qu'il fut père de vingt et un enfants au bout de vingt et un ans. Il devait aimer ou l'argent ou les enfants ou sa femme.

Il y a dans un autre ordre d'idées certains détails, certains faits de la vie de Séraphin Poudrier que je n'ai pas voulu écrire dans mon roman, pour la raison bien simple qu'on ne m'aurait pas cru. Je fais dire à l'avare « qu'il ne veut pas avoir d'enfant parce que ça coûte trop cher ». Et cette parole je ne l'ai pas entendue, je l'ai vue tomber, lourde, épaisse, mot à mot, goutte à goutte de ses lèvres sèches . . . Je me souviens. Nous étions assis tous les deux sur le seuil de sa porte par une belle après-midi de printemps. Le vieux me racontait sa vie. Un moment, crispé, renfrogné, replié sur son mal qui le dévorait, il dit d'une voix doucereuse : « Des enfants, c'est du gaspillage. Ça coûte cher pis i nous laissent quand on a le plus d'besoin. C'est pas d'valeur, ajouta-t-il, ma défunte est partie sans m'en donner. J'sus content. Mais j'ai eu ben soin de pas me r'marier, parce qu'avec les femmes, vous savez, on sait jamais ».

C'est le même homme qui, un jour, jeta de la cendre dans le potage afin de laisser croire à sa femme que les légumes « avaient attrapé » une maladie et qu'il valait mieux les vendre au village que d'en manger. C'est le même homme qui fabriqua le cercueil et creusa la fosse de son père et refusa net de payer quatre dollars au curé pour un service de troisième classe. C'est encore le même qui passait ses nuits à redresser des clous usagés à la lueur d'une chandelle de suif. C'est encore le même homme qui ramassait les vieux fers le long des routes pour les revendre au forgeron. Croyez-vous qu'il ait joui de sa fortune de plusieurs milliers de dollars? L'avarice, comme tous les péchés, est souvent punie en ce monde et avec une violence terrible.

Au moment où j'écrivais l'histoire de l'avare, il perdait toute sa richesse dans une affaire scandaleuse. Maintenant, il est fou. Que n'est-il mort par le feu comme le veut le romancier.

Je pourrais multiplier de la sorte les traits, les faits et les paroles authentiques qui vous feraient voir un avare autrement avare que Séraphin Poudrier. Mon personnage est un prodigue, il est un ange auprès du type ou mieux des trois types qui ont servi de modèles. Que voulez-vous, je ne pouvais pas écrire la vie de l'avare dans toute sa laideur. Je suis trop généreux pour ça.

L'histoire d'*Un homme et son péché* paraît moins invraisemblable quand on sait qu'en 1880 au nord de Montréal, à une époque de colonisation et de misère, les plus prodigues pouvaient dépenser vingt-cinq dollars par mois. L'avare, pas nécessairement Séraphin Poudrier, l'avare dépense à peine cinquante dollars par année. Et je suis très généreux. Songez qu'il tire de sa terre l'essentiel à la vie. Et comme il est avare, il tire le plus pour vendre et le moins possible pour soi-même. C'est clair.

Qu'en face de l'avarice, le romancier prenne plaisir à imaginer les choses les plus extraordinaires, c'est possible ; mais soyez assurés qu'en face de l'Avare, il se trouve toujours en deçà de la vérité. Il n'y a pas d'écrivain assez puissant, assez génial pour imaginer l'avare tel qu'il est réellement. L'avare de Molière est une caricature ; l'avare de Balzac une peinture réaliste longuement méditée. Me rendant bien compte de mon impuissance devant la vie, j'ai pris chez des avares les traits principaux et j'ai raconté des faits authentiques. Il me fut accordé de trouver quelques éclairs, ici et là, et de donner une peinture presque fidèle de l'homme. La seule partie du roman qui soit imaginée c'est la mort de l'avare dans sa maison en feu. Tout le reste, ce sont des gestes, ce sont des faits qui se sont produits à heure dite et dans un temps déterminé. J'étais en face de la vie. Je ne pouvais pas l'éviter. L'ai-je vue ? L'ai-je dépeinte ? Tout est là.

Quand je songe qu'à certaines gens qui s'autorisent de la critique, j'ai dû expliquer longuement que j'avais mangé, que j'avais fait semblant de manger à la table de l'avare ; que je m'étais assis souvent à ses côtés sur les marches du perron en face de la rivière « verdâtre et lente » ! Et c'est vrai. Nous avons si souvent causé ensemble que je pense le connaître dans la mesure où l'avare voulait que je le connusse. Je suis monté au grenier ; j'ai vu les trois sacs d'avoine. J'ai toujours devant les yeux les êtres de la maison qui sentait le renfermé, qui sentait la lésine, qui sentait l'argent. Et si dans mon livre, vous ne la voyez pas comme je l'ai vue, eh bien ! ce n'est pas votre faute, mais la mienne ; c'est que je n'ai pas plus de talent.

Et les autres personnages

J'ai rencontré plusieurs personnages dans la maison de l'avare qui ne figurent pas dans le roman. Mais la grosse Arthémise, la femme d'Alexis, est un souvenir de jeunesse. Elle fut servante chez mon père. Elle était rutilante de santé, d'esprit, de fraîcheur et de formes. Je l'aimais bien. Elle s'appelait Alzire comme dans les tragédies de M. de Voltaire. Elle n'était pas mince ni de coeur ni de taille. J'en fais dans mon roman l'épouse fidèle et incomparable de mon ami Alexis. Et parce qu'Alexis n'aimait pas ça fluet, le perspicace Asselin a deviné tout de suite qu'Alexis c'était moi. Il ne se trompait pas, l'excellent critique.

J'ai connu Alexis à la petite école du village il y aura bientôt trente ans. C'était un garçon rude, aux gestes durs, batailleur, mais qui possédait un coeur d'or. J'ai souvent couru les draves avec lui et bien des fois nous avons mangé ensemble sous la tente en bordure des rivières. Je l'ai retrouvé plus tard lorsqu'il était draveur de profession. Il cultive aujourd'hui une petite terre et il gagne vaillamment son pain. Il est heureux.

Un autre personnage que j'ai peint avec plaisir, c'est Bertine, la fille aînée d'Alexis. J'ai voulu lui donner un beau corps de fille saine, de fille fraîche au coeur simple. Les modèles ne manquent pas dans nos vieilles paroisses de ces filles vaillantes, franchement honnêtes, qui travaillent inlassablement sans se soucier si elles travaillent et toujours heureuses de leur sort. Bertine a poussé comme un arbre en pleine lumière et dans l'air le plus pur. Il ne s'agit pas pour elle d'aimer la terre. Elle fait partie de la terre. Le monde pour elle s'arrête au bout du champ. Elle vit heureuse. Et vous admettrez que cette fille simple avait trouvé au moins le secret du bonheur.

On s'expliquera qu'un autre personnage, plus important celui-là, et qui domine dans le roman, qui a provoqué même sa création brutale, c'est Donalda, la femme de l'avare, l'inoubliable chrétienne, cramponnée à un monstre jusqu'au tombeau par esprit de sacrifice et par amour du Christ. Je n'ai pas connu cette femme. Je sais absolument qu'elle ne vécut qu'un an et un jour avec son mari, qu'elle est morte comme une sainte et que les habitants de la région en parlent encore avec des sanglots dans la voix. Mon père, que j'ai dépeint dans mon livre sous les traits du docteur Cyprien, m'a souvent parlé de l'agonie et de la mort si édifiante de Donalda.

J'aurais voulu posséder le génie afin de décrire telle que je l'ai vue souvent, au pays du Québec, la mort de la femme chrétienne.

C'est toujours pour moi un saisissement de grandeur surnaturelle.

Il faut maintenant en finir.

Un jour de juillet 1933, je causais avec des anciens. Il y avait là une femme d'âge mûr, fort ragoûtante encore, qui racontait comment on lavait le plancher autrefois avec du pesat (tige de pois ou brins de paille) et du sable blanc arrosé d'eau. Le mot « pesat » agit avec violence sur mon esprit et je fus précipité dans cette espèce de « malaise » dont parle quelque part Léon Daudet.

Le lendemain, dès l'aube, les fenêtres larges ouvertes sur le lac, je commençais par cette phrase : « Tous les samedis, vers les dix heures du matin, la femme à Séraphin Poudrier lavait le plancher de la cuisine dans le bas côté. On pouvait la voir à genoux, pieds nus, vêtue d'une jupe de laine grise » . . . et ainsi de suite jusqu'à la dernière portée de mon souffle. J'avais terminé le premier chapitre.

N'oubliez pas que je devais écrire une simple nouvelle de cinquante pages. Entraîné par le sujet, bousculé par les événements, vivant dans une atmosphère extrêmement favorable de sensations anciennes, ayant devant les yeux le spectacle, pour moi, tragique et angoissant que m'offraient la maladie et la mort de Donalda je continuai à écrire avec fièvre et à élargir les cadres destinés à mon récit.

Je travaillais de quatre heures à huit heures du matin et de huit heures à dix heures du soir. Je passais le reste du temps « au village », comme disait ma femme, protestant contre ma paresse et mon goût de la bohème dont je n'ai jamais pu me débarrasser complètement. Au bout de deux mois et une semaine, j'avais terminé l'histoire de l'avare.

Québec, janvier 1936.

I

Tous les samedis, vers les dix heures du matin, la femme à Séraphin Poudrier lavait le plancher de la cuisine, dans le bas côté. On pouvait la voir à genoux, pieds nus, vêtue d'une jupe de laine grise, d'une blouse usée jusqu'à la corde, la figure ruisselante de sueurs, où restaient collées des mèches de cheveux noirs. Elle frottait, la pauvre femme, elle raclait, apportant à cette besogne l'ardeur de ses vingt ans.

D'un geste vif, précis, elle répandait sur le plancher des poignées de sable blanc et, à l'aide d'un bouchon de paille ou de pesat qu'elle trempait dans un seau d'eau, elle frottait d'une main vigoureuse jusqu'à ce que le plancher devînt jaune comme de l'or.

Depuis l'âge de dix ans que Donalda faisait ce travail, elle en connaissait bien le mécanisme peu compliqué, mais dur. Quand les reins commençaient de lui chauffer, elle se pliait de telle façon que la douleur disparaissait, ou si un genou lui faisait mal, elle le déplaçait un peu, éprouvant tout de suite une sensation de bien-être qui la reposait et qui redonnait à son corps et à son coeur une poussée verticale de sang et de courage.

Comme toutes les choses qu'elle savait, Donalda avait appris à laver un plancher chez ses parents, à l'époque de la colonisation, au Lac-du-Caribou. Et c'était d'une valeur si considérable que le vieux garçon Séraphin Poudrier, dit *le riche*, l'avait tout de suite remarqué. Il lisait dans les gestes. Ses hautes qualités de paysan retors le poussaient à rechercher, dans la femme, la bête de travail beaucoup plus que la bête de plaisir. Comment aurait-il pu hésiter, puisqu'il posséderait les deux?

Il connut Donalda, enfant. Il la convoitait depuis le jour où il l'avait rencontrée dans un champ de fraises. Elle s'était assise près de lui et il avait été frappé par la blancheur de ses bras et par la fermeté de sa poitrine, si opulente pour son âge. Il l'aimait. Il se laissa d'abord entraîner par le fleuve de l'impureté dont il ne chercha jamais à découvrir la source. Puis, peu à peu, il se fit à l'idée qu'elle pourrait devenir sa femme. Quand la petite eut vingt ans, il l'épousa. Il en avait quarante. Les troubles de la chair qu'il combattait depuis tant d'années l'envahissaient maintenant ainsi qu'une crue prodigieuse de limon. Mais Séraphin ne se laissa point attendrir comme un fol, ni par le cœur, ni par les sens. Il se rendit compte avec une précision d'usurier que s'il se laissait aller à la passion de la chair, la petite Donalda Laloge finirait par lui coûter les yeux de la tête et lui mangerait jusqu'à la dernière terre du rang. Il lutta tant et si bien, de nuit et de jour, qu'il fit de sa femme moins qu'une servante: pas autre chose qu'une bête de somme.

Cette paysanne, fraîche comme un pommier en fleurs, prédestinée aux adorables enlacements, assaillie des désirs que l'invincible atavisme faisait croître autour d'elle comme en un printemps sans fin, ne connut jamais les joies de la charnalité. Elle passa, sans transition, du soir des noces à la vie amère, cassante et matérielle du ménage, sans avoir même éprouvé la sensation d'un baiser lent et profond.

Une fois, une seule fois, Séraphin la posséda brutalement, mais refusa net de lui faire un fils qu'elle désirait avec tant d'amour de par l'hérédité la plus lointaine.

—Je n'aime pas les enfants, avait-il dit, avant de s'endormir.

Dans une autre circonstance, il s'était livré:

—Tu sais, ma fille, que des enfants, ça finit par coûter cher.

Donalda n'en parla plus jamais. Et, en moins de six mois de mariage, elle devint cette mécanique qui sert à traire les vaches, à cuire le pain, à filer la laine, à repriser des habits puants, à faire la cuisine, à laver la vaisselle, à nettoyer le plancher, à veiller les malades la nuit, à rechausser les patates, à préparer les feux, à travailler sur la terre au temps des semailles et des récoltes, enfin, elle devint la femme à tout faire, excepté l'amour. Et si les flammes de la luxure s'acharnaient sur Séraphin, l'homme alors les combattait comme il pouvait.

Les premières fois, Donalda se roulait

dans le lit conjugal, tandis que l'époux, à ses côtés, dormait comme bûche. Une soif intense la torturait. Elle ne bougeait pas, et peu à peu son corps devenait une chose inerte. Des semaines, des mois coulèrent lentement, lourdement, ainsi que les eaux chargées d'un fleuve dans un port. La femme s'habitua à cette vie séparée de l'âme et, un beau jour, le mal s'en alla tout seul. Elle ne désirait plus l'homme, et sa chair la laissa tranquille.

Dévorée par l'énergie toujours croissante chez les descendants de défricheurs, cette paysanne, afin d'oublier la vie, travaillait douze, seize et dix-huit heures par jour, désespérément, comme si un châtiment implacable eût pesé sur elle ou comme si la mort ne venait pas assez tôt. Séraphin, sans doute, trouvait sa femme dépareillée, et il alla jusqu'à avouer avec la plus grave imprudence que « pour faire cuire le pain et pour mettre le plancher jaune comme de l'or, Donalda n'avait pas sa comparable dans tout le comté ».

Et la pauvre bête de se tuer lentement.

Un samedi de juillet qu'il faisait ardent

et que la cigale perçait l'air de ses vrilles, Donalda se mit à laver le plancher de la cuisine. Au lieu d'un bouchon de pesat, elle se servait, en guise de brosse, d'un vieux chapeau de paille trouvé dans le hangar. Ça lui écorcherait moins les doigts qu'elle avait déjà en sang et tout fendillés. Et, comme toujours, elle se mit à frotter avec vigueur, avec entrain, le vieux plancher de misère.

Séraphin, qui se préparait à aller au village, et qui avait oublié son argent sur la commode, s'arrêta, comme pétrifié, dans l'encadrure[1] de la porte.

—Viande à chiens! s'écria-t-il, éclatant de colère et crispant les poings. Qu'est-ce que tu fais là, ma fille? Un chapeau de paille pour frotter le plancher? Tu vas me ruiner! Veux-tu me mettre dans le chemin? Viande à chiens! En v'la une bonne, par exemple!

Et avant que sa femme eût eu le temps de lever la tête, il lui arracha le chapeau des mains. Il continuait maintenant d'une voix plus douce:

—Tu n'es pas raisonnable, ma fille, tu n'es pas raisonnable. Ce chapeau est encore

1. Encadrement.

bon. Il m'a coûté de l'argent. Dix sous, chez Lacour. Ç'a pas de bon sens. Prends du pesat, ma fille, prends du pesat. Je te l'ai dit souvent: on est pauvre. Et si tu veux vivre heureuse avec moi, il faut ménager. Il vaudrait encore mieux ne pas laver plutôt que dépenser de même. T'as compris?

En récitant cette leçon apprise depuis toujours, maître Séraphin dépliait avec douceur le vieux chapeau; il s'efforçait de lui rendre sa forme ancienne. Donalda, à genoux, mais droite comme un cierge, regardait agir cet homme extraordinaire. La gorge sèche et la langue paralysée, elle désirait la mort. Elle fit la morte. Séraphin regarda un moment cette mauvaise créature et, pour la première fois de sa vie, le dédain, ainsi qu'une bave immonde, coulait de sa bouche édentée. Il déposa le chapeau sur l'armoire, près du poêle, et sortit.

Quand il eut disparu derrière la côte, dans la direction du village, la femme alla quérir du pesat dans la grange et se remit à frotter le plancher. Mais elle se sentait moins courageuse.

Certes, ce n'était pas la première fois que

son mari tombait en colère à propos de rien, à propos de tout, question d'argent et question d'économie. Mais jamais elle n'avait surpris dans son oeil un tel éclat d'acier et de violence. Le loup affamé qui sort de la forêt n'est pas plus effroyable.

— Je suis mieux de bien faire, songea-t-elle.

Et, comme elle frottait la dernière planche sous le poêle, elle pensa encore:

— Car autrement ça va être un enfer.

Sa besogne terminée, elle s'assit quelques minutes et regarda machinalement le plancher jaune comme de l'or, presque aussi brillant que le soleil même qui dardait la maison.

La chaleur verticale coulait comme du plomb fondu sur les champs immobiles et sur toute la campagne environnante. De très loin on pouvait entendre la stridulation des sauterelles. Une lassitude immense dominait la terre.

Donalda, la femme à Séraphin, toujours courageuse, se mit quand même à préparer le dîner, car l'horloge marquait onze heures et cinq minutes exactement.

II

Elle attendit une heure, deux heures. Elle attendit jusqu'à trois heures. La faim la saisit, et un grand malaise regnait par dedans son corps.

— Je ne peux pas me mettre à table toute seule, songea-t-elle. Non, je ne peux pas. Je suis mieux de bien faire. C'est certain que mon mari n'aimerait pas ça.

Et elle se rappela son incessante ritournelle que la table coûtait trop cher et que, lorsqu'il était garçon, il vivait avec trois sous par jour, soit dix dollars par année. Ah! certes, ce n'est pas qu'il voulait la priver de manger, mais il lui assurait que manger trop, ce n'est pas bon pour l'estomac. Il lui nommait même des gens qu'il avait bien connus, tombés raide morts à la suite d'une boustifaille. C'est sûr qu'il n'y a rien de plus méchant que de manger tous les jours du pain, ou manger tous les jours de la graisse et de la viande. Il ne parlait ni du lait ni du beurre, qu'il jugeait de véritables poisons. Et elle le croyait. Elle avait foi en lui comme en Dieu.

Comment alors aurait-elle couru le risque de manger seule, et d'avaler des patates qu'il avait comptées d'avance? Non, ça, jamais. Plutôt mourir. Elle n'oublierait pas, elle ne pouvait pas oublier le jour où elle avait voulu se servir une seconde fois de mélasse: Séraphin lui avait agrippé la main qu'elle tendait vers le pot, en lui disant, la prunelle pénétrante:

— Ma fille, tu n'es pas raisonnable. Une fois, c'est assez. Ce demiard-là, à nous deux, devrait durer au moins deux mois. Six demiards par année, c'est tant qu'il faut.

Et le maître était allé serrer dans l'armoire le petit pot de pierre blanche.

Ce souvenir, aussi cruellement que le remords d'un crime, la précipitait dans une sorte d'horreur. Elle se résigna donc à attendre, et à attendre jusqu'à la mort, plutôt que de manger. Elle but un grand gobelet d'eau, et alla s'asseoir sur le perron.

La chaleur était si lourde, quand le soleil

eut atteint le haut du ciel, que les bêtes dans les pâturages ne mangeaient pas. A l'ombre d'un érable, deux chevaux, nez à nez, demeuraient immobiles. On eût dit une allégorie de pierre. C'est à peine s'ils remuaient la queue pour chasser les mouches. Un peu plus loin, au fond du pacage où les deux clôtures en perches de cèdre se rencontrent, trois vaches couchées ne ruminaient plus, frappées d'un coup de soleil.

Donalda, qui avait encore la force de respirer en ce moment, regarda le bouleau dont la tête en forme de dôme dépassait le pignon de la grange. Pas une feuille ne tremblait.

— C'est écrasant, soupira-t-elle. Je peux mourir.

Et elle entra dans la cuisine, où des milliers de mouches grasses et collantes bourdonnaient sans répit. Ce bruit monotone, si intense parfois, comparable au triste chant d'une bouilloire, alourdissait encore l'atmosphère. Donalda ne savait plus où aller ni que faire. Elle s'arrêta un moment, abrutie, devant la porte donnant sur le haut côté. C'était la maison proprement dite, composée, en bas, d'une seule pièce qui pouvait servir de salle à manger et de salon. Au milieu, une grande table carrée, dont les pieds énormes représentaient des têtes de chiens, était recouverte d'une vieille toile cirée, jadis rouge. Il y avait sur cette table un globe de verre renfermant, depuis un demi-siècle peut-être, deux mèches de cheveux et un morceau de carton sur lequel on distinguait la face hypocrite du grand-père de Séraphin et, au-dessous, ces mots, gravés en grosses lettres: « Ayez pitié de moi car la main du Seigneur m'a frappé ».

Dans un coin de cette salle lugubre qui avait servi de chambre mortuaire à trois générations de Poudrier, se trouvait un petit poêle toujours bien propret. Mais il ne répandait pas de chaleur: Séraphin ne consentait à y faire une attisée que la veille de Noël, le jour de l'An, ou lorsque le froid trop sec faisait péter les clous. Une catalogne de deux pieds de largeur traversait de bord en bord le plancher de bois mou. Deux chaises berçeuses, qu'on ne déplaçait jamais et sur lesquelles on avait jeté des peaux de mouton, puis un vieux fauteuil branlant recouvert de pluche verte, semblaient attendre les visiteurs qui n'étaient jamais autres que des endettés, marchant au supplice ou à la ruine. On remarquait encore un joli secrétaire en acajou, volé au père Boisy pour une dette de deux dollars vingt-cinq, renfermant des papiers de la plus haute importance: billets, contrats, mémoires, formules légales, chèques, reçus, obligations. On ne manquait jamais d'y trouver du papier réglé, une plume, un crayon. Aussi un fort bel encrier d'argent qui avait appartenu au ministre La Mothe. Mais l'encre y était continuellement figée, comme si elle n'eût point voulu servir aux contrats malhonnêtes ou si durs que rédigeait en trois lignes, d'une main de fer, l'impitoyable prêteur. Ce meuble d'acajou faisait la gloire de Séraphin. Il s'en approchait toujours avec vénération. Sur les murs blanchis à la chaux de cet intérieur baroque étaient accrochés les portraits de Léon XIII, de sir Wilfrid Laurier, de Louis Riel, de Damase Poudrier, le défricheur, et de la vieille tante Stéphanie, morte empoisonnée dans des circonstances atroces. Il eût été impossible de ne pas voir sur le mur opposé un calendrier immense, cadeau annuel de la compagnie Massey-Harris, et, au-dessus, un fusil à baguette pointant un accordéon disloqué qui pendait un peu plus loin, pareil à un paquet de tripes.

Quatre fenêtres éclairaient, l'hiver, ce refuge de Poudrier. L'été, loin de les ouvrir, on fermait dessus, par dehors, des jalousies peintes en vert. Pas un rayon de soleil n'y pénétrait, pas une mouche, pas un grain de poussière, ce qui sauvait les meubles et gardait à la maison cet air d'austérité et de rigidité qui ne manquait pas de paralyser les emprunteurs. Autrefois, une porte donnait sur le côté nord. Mais, dans l'hiver de 1888, Séraphin jugea bon de la condamner. Par économie, sans doute, le bois de chauffage étant du luxe.

Un escalier, à gauche, conduisait à l'étage supérieur où un corridor étroit longeait deux grandes chambres séparées par une mince cloison. La première de ces chambres avait toujours servi de magasin au vieux garçon qui, pendant vingt ans, y avait entassé, pêle-mêle, des horloges, des montres, des harnais, des lampes, des couvertures, des ustensiles de cuisine, des manteaux de femmes et d'hommes, des peaux tannées, des fourrures, des instruments aratoires, et quoi encore, toutes choses, vieilles ou neuves, laissées en gage. C'est encore dans cette chambre que se trouvaient les trois sacs d'avoine, toujours pleins, toujours à leur place, et dont l'épouse de Séraphin ne soupçonnait même pas l'existence. Dans un des sacs, l'usurier cachait une grande bourse de cuir ne renfermant jamais moins de cinq cents à mille dollars en billets de banque, en pièces d'argent, d'or ou de cuivre. Il ne déposait pas toujours la bourse dans le même sac. Mais il savait positivement, absolument, dans lequel des trois il l'avait mise. Alors il le regardait avec amour, puis marmonnait de vagues paroles. Une curiosité immense, suivie d'une sensation inexprimable, s'emparait de lui, coulait dans tout son être ainsi qu'une poussée de sang neuf et rapide. C'était trop de félicité: Séraphin ne pouvait plus se retenir. Il plongeait sa main osseuse et froide dans le sac. Avec lenteur, avec douceur, il tâtait, il palpait, il fouillait parmi les grains d'avoine, et lorsqu'il sentait enfin — ô suprêmes attouchements! — la bourse de cuir ou simplement les cordons, sa jouissance atteignait à un paroxysme que ne connut jamais la luxure la plus parfaite, et son cœur battait, fondait, défaillait.

Plusieurs fois par jour, il se vautrait dans cette volupté. La chambre mystérieuse, inépuisable source des délices de Séraphin, restait toujours, cela va sans dire, barrée et même cadenassée. Seul, il pouvait y pénétrer et donner libre cours à sa passion. Elle était tantôt insinuante et silencieuse comme le pus; tantôt elle se heurtait avec fracas à des abandons complets, à des instincts qui lui étaient contraires et qu'elle finissait cependant par anéantir. Mais, seul dans cette pièce obscure, séparé du monde, Poudrier se retrouvait réellement soi-même, alors que sa passion dominante le précipitait dans des accès de rage ou de douceur infinie.

Les trois sacs d'avoine représentaient pour Séraphin le seul Dieu en trois personnes.

La seconde chambre, appelée, on n'a jamais su pourquoi, « la chambre des étrangers », n'avait pas été ouverte depuis la mort de l'oncle Amable, et pas une âme qui vive n'en verrait probablement jamais la sinistre hospitalité.

Mais ils étaient rares dans le comté les gens d'affaires, les paysans et les villageois qui ne connaissaient pas la grande pièce d'en bas de la maison de Séraphin Poudrier: car c'était là, et là seulement, que l'usurier faisait signer à de pauvres malheureux les pires engagements qu'ait jamais imaginés la plus infâme canaille.

Cinq ou six fois par année, dans de graves circonstances, Donalda avait la permission d'y venir. Mais jamais seule. Elle savait bien que cette partie de la maison était toujours froide, l'été, comme un caveau. Que n'aurait-elle pas donné, la pauvre femme, en cette relevée torride de juillet, pour s'y reposer à l'aise et goûter le frais? Elle se souciait peu, en ce moment, qu'il se dégageât de cet asile du diable une odeur de cierge et de suaire!

Toutefois, et quoique une force irrépressible l'appelât, elle n'osa pas franchir les deux marches qui la séparaient du plus grand bonheur qui pouvait en ce moment exister pour elle. Ç'eût été tromper Séraphin.

Incapable de supporter plus longtemps les mouches de la cuisine, elle revint s'asseoir dehors, ferma les yeux, et ses lèvres s'humectèrent d'un *ave* rafraîchissant.

Elle entendit tout à coup le bruit d'une voiture qui descendait la côte et le rythme lointain et neuf des sabots d'un cheval sur les cailloux.

— Est-ce que je rêve, se demanda-t-elle?

La voiture frôla bientôt la margelle du puits pour s'arrêter tout près de la grange. Séraphin en descendit lentement, suivi d'un homme trapu, aux cheveux roux, que ne connaissait pas Donalda, et qui parlait avec volubilité.

— Veux-tu dételer Branco, cria Séraphin à sa femme?

L'épouse-servante répondit par cette parole chargée d'inquiétude et de respect:

— As-tu dîné, mon mari?

— Nous avons mangé au village.

Et les deux hommes se dirigèrent vers la maison, tandis que Donalda dételait le vieux cheval.

III

— Ah! qu'il fait bon chez vous, monsieur Poudrier, dit le visiteur en pénétrant dans le haut côté et en choisissant une berçeuse tout près du petit meuble en acajou.

— C'est vrai, c'est vrai, constata à son tour Séraphin, comme il cherchait sa clef pour ouvrir le secrétaire. Mettez donc votre chapeau sur la table. Faites comme si vous étiez chez vous. Moi, vous savez, j'aime ben à mettre mon monde à l'aise.

L'homme aux cheveux roux ne répondit pas.

Séraphin, qui avait trouvé la clef, la remit machinalement dans sa poche et vint s'asseoir dans le vieux fauteuil, de l'autre côté de la table.

Lequel maintenant de ces deux hommes oserait parler le premier?

Le silence était devenu insupportable. L'atmosphère, chargée d'angoisse et s'infiltrant partout, pareille à de la puanteur, commençait à circonvenir et à étreindre l'homme aux cheveux roux.

Le prêteur doublé d'un usurier avait l'habitude dans ses marchés, surtout lorsqu'il s'agissait de faire signer des billets à ordre, de ne jamais parler le premier. Il attendait son homme, comme il disait. Il observait le moindre de ses gestes. Tout emprunteur était à ses yeux un adversaire extrêmement dangereux; tout débiteur devenait et demeurait un malfaiteur. Il valait toujours mieux laisser d'abord cette engeance « s'ouvrir » et la guetter, solide, sur la défensive. C'est ainsi qu'il épiait l'homme aux cheveux roux, attendant avec patience qu'il parlât.

Le silence pesait toujours.

Tantôt Séraphin penchait la tête, se frottait les mains, toussait légèrement; tantôt il regardait bien en face sa victime qui, à la fin, lasse, désaxée, ne pouvant supporter plus longtemps unę pareille torture, hasarda:

— Vous fumez, monsieur Poudrier?

— Jamais, monsieur.

Cette réponse sèche, pointue comme une

alêne, pénétra jusqu'à l'âme du visiteur qui, pour s'attirer un peu les bonnes grâces de Poudrier, jugea plus prudent de fourrer dans sa poche sa pipe et son tabac.

Séraphin, capable d'ailleurs d'attendre encore plusieurs minutes sans ouvrir la bouche, se réjouissait de voir son adversaire faiblir, perdre du terrain pouce par pouce. En effet, la victime semblait rapetisser. Mais, dans un suprême effort, et regardant avec douceur l'usurier, l'emprunteur lui coula cette supplication:

— Si je vous donnais du six, monsieur Poudrier, ça marcherait-il?

Séraphin baissa la tête, comme cloué dans une méditation profonde, tandis qu'il caressait d'une main lente son menton maigre, long, pointu, toujours frais rasé. Cette main, tout à coup, s'arrêta juste au-dessous de l'oeil droit. C'est alors que le cerveau de Séraphin travaillait, calculait, glissait, telle une couleuvre, parmi des méandres sans fin, pour aboutir, en pleine lumière, à cette question:

— Sans doute que vous avez des vaches, monsieur Lemont?

— Quatre, monsieur Poudrier.

— Beaucoup de lait?

— Je vais vous dire. J'en ai deux de ben bonnes, deux jerseys, que j'ai achetées dans l'Ontario, avant de m'en venir par ici. Les deux autres ne sont pas traîtres, même qu'il y en a une qui tousse pas mal fort.

— Ouais.

Et le sombre calculateur de réfléchir encore quelques instants. Puis, d'une voix mielleuse:

— Avez-vous les intentions de rester avec nous autres?

— Ah! c'est sûr, monsieur Poudrier.

— La terre que vous avez achetée du père Blanchet, vous l'avez payée cher?

— Pas trop, monsieur Poudrier. Trois mille deux cents.

— C'est clair d'hympothèques?[1]

— Je vais vous dire, monsieur Poudrier. Je dois encore huit cents piastres dessus.

— Massey-Harris est-il tout payé?

— Je leur dois, à eux autres, environ soixante-cinq piastres.

— Le stock, les animaux sont-ils clairs?

1. Hypothèques.

— Pour ça, oui, c'est bien à moi, monsieur Poudrier.

— Les taxes, réglées aussi?

— Je vais dire comme on dit: je m'en vas sur les deux ans. Mais j'ai l'intention de donner un bon acompte cet automne.

— Ouais.

Et l'usurier continua lentement, avec une sorte de volupté, à caresser son menton taillé en soc et qui disparaissait dans l'échancrure de la chemise bleue. L'emprunteur, plus rassuré maintenant, discourait avec enthousiasme:

— Vous savez, monsieur Poudrier, que ces cent piastres-là que je veux emprunter sont ben garanties par tout mon avoir. Je suis prêt à vous signer un billet à trois mois, à du six. Dans trois mois, c'est certain que vous aurez votre argent.

— Pas capable! vociféra presque Poudrier en se levant et en ravageant de ses bottes éculées la catalogne des ancêtres.

Le malheureux emprunteur tomba de si haut, et dans une déception si douloureuse, qu'il sentit sa tête osciller d'étourdissement. Ah! qu'il regrettait maintenant d'avoir dévoilé toutes ses affaires. Absolument pour rien. Pourtant, pourtant, cet argent, il en avait extraordinairement besoin. Il lui fallait cent dollars pour sauver son honneur et celui de la petite Célina Labranche qu'il avait rendue enceinte. Du reste, la petite folle avait tout déclaré à ses parents qui forçaient maintenant Lemont à payer; à défaut de quoi, ils menaçaient de le faire arrêter.

Séraphin connaissait d'un bout à l'autre l'aventure de l'homme aux cheveux roux. Il savait que Lemont, ayant attiré la petite Célina dans la grange, l'avait quasiment prise de force. L'histoire courait la campagne, et le vieux renard en avait été instruit par la maîtresse d'école du troisième rang, lorsqu'il était allé poser une vitre pour le compte des commissaires. Il avait maintenant devant lui le monstre d'impureté. L'avarice opiniâtre ferait payer cher à la luxure ses joies fugitives!

Je suis pas capable, répéta-t-il, en s'arrêtant en face de l'adversaire et en le marquant, pour ainsi dire, de son oeil d'acier.

Voyons, monsieur Poudrier, je m'en vais vous donner du sept.

— Je suis pas capable.

— Je m'en vais vous donner du huit, mais pas plus, par exemple.

— Essayez d'en emprunter ailleurs. Peut-être que le père Ovide vous passerait ces cent piastres-là ?

— Oui, oui, mais je connais pas le père Ovide, ni personne par ici, monsieur Poudrier. On m'a dit que vous prêtez de l'argent. Alors je vous ai rencontré au village, je vous en ai parlé en dînant chez Godmer, et je suis venu vous voir parce que ma demande paraissait vous convenir.

— C'est vrai, monsieur Lemont, j'en prête. Mais je le donne pas, mon argent ; il est trop dur à gagner. Vous n'avez quasiment pas de garanties. Vous devez huit cents piastres d'hympothèques, soixante-cinq à la Massey-Harris. Vous devez vos taxes, sans parler des petits comptes, je suppose, chez Lacour et un peu partout. Non. Le risque est trop grand, monsieur. Je peux pas vous passer les cent piastres. D'ailleurs, des billets, j'en ai trop perdu, j'en accepte plus.

L'emprunteur avait beau se creuser la

tête, il ne trouvait pas l'argument qui fléchirait le prêteur. Il pensa, fort habilement pour une fois, qu'il valait mieux se taire.

Séraphin s'arc-bouta sur sa proie; il reprit avec calme:

— Il y aurait toujours un moyen. J'aime ben à aider tout mon monde. J'ai le cœur tendre. C'est plus fort que mon vouloir. Voici. Je m'en vas vous prêter neuf cents piastres en première hympothèque, ou ben à réméré, pour deux ans, à dix pour cent. Je paierais le père Blanchet, pis il vous resterait un beau cent piastres clair. Si vous voulez, on va aller chez le notaire, au village. C'est lui qui a toutes mes affaires en main. J'ai rien qu'à vous dire que c'est honnête comme du pain de ménage, et qu'il prendra vos intérêts comme les miens.

— Vous n'y pensez pas, reprit l'emprunteur. Je paye seulement du cinq à monsieur Blanchet et j'ai cinq ans pour payer le capital, vous comprenez?

— Je comprends ben, je comprends ben! Et je suis ben content pour vous. Mais, d'un autre côté, c'est ben de valeur aussi, parce que je peux pas vous prêter le montant.

— C'est correct. Je m'en vais voir ailleurs, dit d'une voix décidée l'homme aux cheveux roux.

Et il se leva en s'épongeant le front et le cou. Car, malgré la fraîcheur qui régnait dans la pièce, il suait à grosses gouttes, le monstre d'impureté.

Jamais, depuis vingt ans qu'il tripotait des affaires, Séraphin Poudrier n'avait laissé partir sa victime sans conclure un marché. « Manne qui passe ne revient pas », avait-il accoutumé de dire. Aussi, à son tour, il n'hésita pas à faire une offre très honnête:

— Viande à chiens! cria-t-il. Il y a toujours moyen de s'entendre. Je m'en vas vous prêter cent piastres sur billet à trois mois sans intérêt. Un service comme ça, ça vaut ben quelque chose, hein?

M. Lemont crut entendre une musique infinie qui venait du ciel. Mais il fut vite précipité dans la réalité affolante quand il distingua une voix mielleuse qui ajoutait:

— C'est pas tout'. A part du billet que vous allez me signer, vous allez vous engager par papier à m'amener icit', lundi prochain, vos deux vaches jerseys, et si, dans trois mois, vous me payez les cent piastres, vous reprendrez vos vaches.

— Vous n'y pensez pas, monsieur Poudrier. J'ai rien que celles-là de bonnes. C'est elles qui me donnent presque tout mon beurre. Qu'est-ce que ma femme dirait?

— C'est vrai. Mais il y a des choses ben plus sérieuses que ça qui arrivent dans la vie d'un homme, pis qu'il faut cacher à sa femme. C'est pas votre opinion, monsieur Lemont?

L'emprunteur se rendit compte que Séraphin connaissait son aventure. Il souhaita alors de perdre la mémoire, et toute raison de vivre. Aussitôt, l'offre de l'usurier lui parut extrêmement avantageuse.

— C'est correct, dit-il, je vais signer votre papier.

— Assisez-vous un instant, monsieur Lemont. Je m'en vas préparer ça.

Et Poudrier sortit du petit meuble d'acajou une formule de billet, une feuille de papier et la plume grinçante qui avait fait crever tant de familles. Il trouva aussi une petite bouteille renfermant un peu d'encre violette.

—Viande à chiens! jura-t-il, en s'asseyant à son tour. Il fait ben noir icit'.

A peine avait-il terminé sa phrase qu'on entendit la porte du bas côté se fermer avec violence et le bruit d'une chaudière de fer-blanc sautant sur la terre dure.

C'est alors que Donalda, énervée, apparut dans la porte. Son corps n'eut qu'un cri:

— V'la l'orage!

Les deux hommes la suivirent sur le perron.

L'horizon était jaune, comme si, au delà, des forêts immenses brûlaient sans fin, tandis que des nuages, lourds de suie, se précipitaient déchaînés au-dessus des montagnes. Tout à coup, un éclair, décrivant un Z violet aux pointes de feu, fendit le nord, du faîte à la base, pour illuminer de splendeurs tout un pan du ciel. Presque en même temps, un coup de tonnerre précipitait du haut de l'espace sa cataracte de verre.

— C'est certain que le tonnerre a tombé, répéta deux fois Séraphin. Et il suivit Donalda et Lemont qui s'étaient déjà réfugiés dans la maison.

On ferma la porte; on ferma les deux fenêtres. Le vent tordait maintenant les arbres bordant les routes et les champs. Il coucha même, d'un seul coup, dix acres de foin.

— Ma terre va y passer, cria Séraphin, en se signant.

Des éclairs se tortillaient dans les ténèbres couvrant comme en pleine nuit la campagne saisie d'horreur. Le tonnerre s'écroulait partout, poussant devant lui sa voix solennelle qui allait mourir sur la solitude tourmentée des montagnes et des grands lacs du nord.

— Si seulement il pouvait mouiller, remarqua Donalda en se jetant à genoux près d'une chaise pour réciter un chapelet.

— Ça va passer, ma fille, ça va passer. Aie pas peur, avec moi.

Et l'époux monta au grenier de la cuisine, qui servait en toute saison de chambre à coucher. Il en descendit quelques minutes plus tard, tenant dans sa main droite un cierge allumé, et dans sa gauche une soucoupe contenant de l'eau bénite et un rameau.

— Venez par icit', dit-il à Lemont qui hésita un moment avant d'entrer dans le salon. Cette pièce était devenue plus lugubre que jamais, à cause des ténèbres, du cierge allumé qui promenait sur les murs des lueurs de funérailles, et puis surtout du tonnerre qui roulait son *Libera*.

— Avez-vous peur, s'inquiéta Séraphin? Et il déposa sur la table le cierge bénit qu'il avait introduit dans un chandelier de verre coloré en rouge.

Il prit ensuite la soucoupe et le rameau. et, se promenant dans le salon funèbre. il en aspergea les coins.

— C'est toujours mieux de jeter de l'eau bénite quand il tonne, souffla-t-il.

Et il revint s'asseoir près de la table.

A la lueur du cierge bénit, Séraphin, après avoir fait signer par Jean-Baptiste Lemont le billet de cent dollars à trois mois, sans intérêt. rédigea d'une main ferme le contrat:

« 1890 ce 17 juillet 1890.

« Si, le 17 octobre de cette année je n'ai pas payer à M. Séraphin Poudrier cultivateur la somme de cent piasse ($100.00) le dit Séraphin Poudrier gardera comme lui appartenan mes deux vaches Jursé que je men gage de lui ammené chez lui le 19 juillet 1890. »

Poudrier lut deux fois, à voix haute, ce document, et il le tendit à M. Lemont qui le signa d'une main moite.

— C'est pas plus difficile que ça, dit Séraphin en fourrant le papier dans sa poche avec le billet. Pis, vous savez, monsieur Lemont, je ne serai pas dur pour vous. Quand bien même que le 17 octobre qui s'en vient vous arriveriez qu'après le soleil couché pour me payer, je dirai rien. Je suis un bon garçon. J'ai le cœur tendre. C'est plus fort que mon vouloir. Vous ramènerez vos vaches. J'aime tant à rendre service à du bon monde. A c't'heure, attendez-moi une minute, je m'en vas aller chercher votre argent.

Soudainement, la pluie tomba massive et

perpendiculaire, faisant crépiter la toiture de bardeaux.

— Ça, ça va faire du bien, cette pluie-là, jeta comme une aumône Séraphin.

Il saisit le chandelier sur la table, et il disparut par l'escalier de gauche qui conduisait aux trois sacs d'avoine, tandis que son ombre se déplaçait sur le mur.

L'homme aux cheveux roux, seul dans la grande pièce privée de cierge et plus ténébreuse que jamais, eut tout le temps de penser à son affaire. Il revit, en une vision d'une netteté surprenante, la petite Célina, si jeune, mais aussi expérimentée qu'une vieille libertine.

Il reconstitua la scène de volupté. Son imagination l'enveloppait d'une ambiance de délices. Comme ces minutes ensorcelantes et si rapides avaient allumé en lui un violent désir! Mais payer cent dollars pour ça, décidément, c'était trop cher. Et, au fond de son cœur, il maudissait la paysanne de quinze ans, pourtant plus belle que toutes les fleurs de l'été. L'image de la luxure remplissait ses yeux et son âme, et, comme une torche, le brûlait.

Ah! s'il possédait les milliers de dollars de Séraphin Poudrier, le pauvre malheureux! Non, il n'hésiterait pas une minute: il se sauverait au bout du monde avec la petite Célina pour jouir jusqu'à en mourir de la fraîcheur de ce corps, tout de spasmes et de rayons.

Il était déjà grisé par un nouveau désir lorsque Séraphin revint avec l'argent. Par deux fois, il compta sur la table la somme de quatre-vingts dollars.

— Ce n'est pas cent que j'emprunte, demanda Lemont?

— C't'affaire! Je retiens la prime pour le service que je vous rends. Les bons comptes font les bons amis. Pas vrai?

— C'est correct, dit l'emprunteur d'un ton sec et avec un air de vengeance.

La pluie avait cessé. Le soleil se couchait dans un ciel d'une pureté bleue, unie, sans rides. Des parfums s'élevaient des champs et des bois. Ça sentait bon la terre trempée et les feuilles humides d'où tombaient encore, de temps à autre, des notes perdues. On pouvait voir, au loin, des érables pliés en deux ou des branches cassées qui pendaient.

Le petit jardin paraissait avoir été, ici et là, creusé par des siffleux[1]; et l'eau descendait encore en bouillonnant jusqu'à la grange. Les êtres et les choses respiraient comme en une heure de résurrection. La nature était neuve, et les hirondelles, ivres d'azur et de fraîcheur, écrivaient en des vols d'une fantaisie charmante le plus beau poème à la joie.

Séraphin et Donalda, debout sur le perron, regardèrent un moment l'homme aux cheveux roux qui s'en allait à pied dans la direction du village et balançait au bout du bras son immense chapeau de paille. Il chantait.

— Le pauvre diable, pensa Donalda.

— Sais-tu, ma fille, qu'il va réussir, ce rouge-là, dit Séraphin.

Et il entra dans la maison où le souper les attendait.

La femme n'avait pas mangé depuis quatre heures, le matin. Maintenant, elle n'avait plus faim. L'homme s'assit seul, au bout de

---

1. Marmottes.

la table. Il dévora des patates dans de l'eau blanche et trois galettes de sarrasin, dures, grises et sèches comme des bardeaux.

IV

Le temps coula, ainsi que la rivière verdâtre et lente devant la maison de Séraphin Poudrier. On ne comptait pas les jours. On les subissait, à l'exemple de la terre qui reçoit l'ondée, puis se rendort.

Comme, dans ce pays de montagnes et de vallons, les saisons se précipitent avec une rapidité qui étonne toujours, l'automne de cette année-là passa si vite qu'on ne le vit même pas. On ne s'était pas encore aperçu que les feuilles balayées brusquement pourrissaient sur les routes et dans les embas. Un matin, dès le commencement de novembre, Séraphin trouva un pouce de glace dans deux terrines oubliées sur le perron et dans la tonne où s'abreuvaient les animaux. Quel ne fut pas son étonnement! Partout, d'ailleurs, le sol était crevassé, fendu, raboteux, masse informe que recouvrait, par endroits, une mince couche de verglas.

Le froid cinglait du nord. Les sapins noirs faisaient buter la bise aux bords des collines, et des lièvres couraient dans la savane gelée. Ainsi qu'un tableau de grisaille, la plaine d'en bas s'allongeait indéfiniment, et les montagnes se tassaient dans les coins de l'horizon, au souffle de l'ennui qui signalait dans le lointain la fumée d'une chaumine.

C'était l'hiver! Déjà le silence hallucinant, le froid aussi, le froid surtout, le froid qui tue l'amour et qui tourmente l'homme. Puis, bientôt, la neige, linceul définitif.

Cette transformation de la nature s'était produite si brusquement que les habitants du pays en furent quasiment consternés. Dans cette région des Laurentides, aux confins du comté de Terrebonne, où s'arrêtait, en 1890, la marche pesante et misérable des défricheurs, personne ne gardait souvenance d'un hiver aussi hâtif, avec le prélude d'une seule gelée blanche. Que serait-ce, malheur! dans deux mois? Mais Poudrier, comptant les cordes de bois en bordure du jardin, se réjouissait de toute traînée de misère. Il pensa:

— Au village, on va être obligé de chauffer de bonne heure. J'ai du beau bois à vendre. Dieu est ben bon. Quant à moi, ça me coûtera pas cher. D'ailleurs, Alexis est toujours là.

Alexis était le seul cousin de Poudrier. Père de huit enfants, c'était un paysan par atavisme, travaillant comme une bête, courant souvent la galipote et dépensant comme un fou, dans une semaine, tout ce qu'il arrachait au sein de sa vieille terre, labourée, ensemencée, retournée, travaillée depuis trois générations. On le voyait toujours un sourire aux lèvres et une chanson grivoise pendue après. Il vivait heureux, malgré ses dettes. C'est ce que ne comprenait pas Séraphin, qui dormait peu, mangeait mal, ménageait la chandelle de suif et le bois de chauffage, ce Séraphin toujours fouaillé, dans sa richesse, par les pires tourments.

Poudrier demeurait à un mille de son cousin. L'hiver, presque tous les soirs quand il était célibataire, il y allait veiller. Maintenant, il amenait Donalda. Ils s'y rendaient à pied, et il fallait que la poudrerie fût insupportable pour qu'ils manquassent une si décente et régulière occasion d'économiser la lumière et les rondins de bouleau. Tous les dimanches, de même, les époux Poudrier les passaient chez Alexis. Ils y arrivaient après la grand'messe, dînaient, soupaient et veillaient sans cérémonie et sans gêne. C'était vite devenu, chez Séraphin, une indéracinable habitude. Ce qui faisait dire au cousin Alexis, gouailleur, et qui riait sans cesse parce qu'il était prodigue:

— C'est ça, mon Séraphin, t'es pauvre, toé, viens te chauffer, manger, t'éclairer chez nous. Mais, mon vieil aigrefin, par exemple, si tu m'aides pas à payer mes dettes cette année, je te casserai la margoulette.

Et, là-dessus, le cousin, dansant, mimant Polichinelle et Jambe-de-Bois, versait de grands gobelets de whisky blanc à toute la maisonnée, qui s'amusait ferme et qui se moquait absolument de la misère et des menaces de l'avenir.

Séraphin riait, lui aussi, mais pour une autre raison. Qu'on se moquât de lui, ça ne lui ôtait pas un sou. Il était le seul à savoir parfaitement qu'il économisait beaucoup, qu'il parvenait à se chauffer et à s'éclairer pour la somme de trois dollars cinquante par année. Il coupait du bois, cependant, avec une régularité, avec une endurance étonnante. Il en coupait et il en sciait vingt, trente, quarante cordes, qu'il vendait au village à raison de un dollar soixante-quinze la corde, toujours vingt-cinq sous plus cher que les autres, parce que c'était là de la « belle érable franche », qui chauffait à merveille et possédait le pouvoir de rendre tout le monde heureux, voire la ménagère du curé, ce qui n'était pas peu dire.

Et puis, les pronostics n'annonçaient-ils pas que cet hiver serait le plus dur qui ait encore fait craquer les Laurentides? Séraphin Poudrier constata donc, en ce matin de novembre, que le froid venait de sauter sur la campagne, et il en éprouva tout de suite une sorte de jouissance.

— Ça va être dur, ma fille, dit-il à Donalda, en entrant dans la maison et en frottant ses mains osseuses qui avaient pris la couleur des billets de banque qu'il tripotait avec tant de volupté.

La femme ne répondit pas.

Assise près du poêle, elle réchauffait ses membres qu'elle trouvait anormalement lourds et froids. Un frisson la secouait, et, recroquevillée sur sa chaise, elle claquait des dents. L'invasion du mal fut si rapide que Donalda prit peur, d'autant plus qu'elle éprouvait le besoin de vomir.

— Je ne sais pas ce que j'ai, Séraphin. J'ai froid, puis j'ai mal, mal. Ça serait peut-être mieux d'aller voir le docteur.

« Aller voir le docteur »! Séraphin savait pertinemment que cela signifiait « l'amener ici ». Et « l'amener ici », à trois milles du village, c'était une dépense de deux dollars et peut-être trois, avec les remèdes. Il fallait y songer. Il ne se souvenait pas d'avoir eu besoin du médecin, ni pour son vieux père, ni pour lui-même, ni pour personne. Et voilà, pour la première fois dans sa vie, qu'une femme demandait ce secours qui coûterait de l'argent. Non. N'importe quoi, mais pas ça. Et, comme il regardait Donalda par derrière, il la détestait maintenant. Il la haïssait même. Une grande amertume remplit son cœur et il regretta plus que tout au monde d'avoir épousé cette fille extravagante, qui se trouvait malade, qui allait jusqu'à exiger les soins du docteur Dupras. Comme il se sentit malheureux, et combien il maudit la vie à deux! Quel enfer! Mais il trouva la force de mentir d'une voix d'ange:

— C'est vrai, ma fille. Tu me parais ben malade et ça me fait de la peine. Mais je pense pas que ça soye nécessaire de voir le docteur aujourd'hui. Attendons jusqu'à demain, pour voir. D'abord, tu vas te coucher avec une bonne brique chaude aux pieds et une bonne flanelle chaude sur l'estomac. Je t'assure que c'est bon, ça, ma fille. Je peux te faire aussi une tasse de tisane.

— Comme tu voudras, si tu penses, Séraphin, que ça peut me faire du bien.

Elle attendit quelques minutes devant le poêle et monta se coucher.

Séraphin prit soin d'elle à sa façon, qui était des plus simples. Il resta dans la cuisine et fit semblant d'attiser le feu qui s'en allait. Puis il s'assit en face de la petite fenêtre où se ramassait un paysage de fin d'automne, tout en froidure, avec, au milieu, des sapins noirs, et, un peu plus haut, la colline jaune. Séraphin songea à sa détresse.

— Il y a pas à dire, marmonnait-il, c'est pas dur à la misère, ces poulettes-là. Pourtant, elle avait l'air forte quand je l'ai mariée. Peut-être aussi que ça va passer tout seul. Attendons, voir.

Enfin, il eut une pensée illuminante. Une fois dans sa vie il pourrait faire un grand sacrifice.

N'avait-il pas acheté chez Lacour, trois ans plus tôt, une petite boîte de thé qui lui avait bien coûté vingt-cinq sous? S'il en offrait une tasse à Donalda? Après tout, n'était-il pas capable d'une telle générosité? Et puis, sa femme n'était peut-être pas une aussi mauvaise créature?

Combien ce mari eût aimé que toute la paroisse le vît agir, quand il fouilla dans l'armoire d'une main lente, pour y trouver à la fin, dans une boîte de fer-blanc, deux cuillerées à soupe de thé jaunâtre, sec et poussiéreux! Il en mit une pincée dans un bol, et l'arrosa d'eau bouillante. Au bout de cinq minutes, il montait doucement l'escalier, tenant des deux mains le précieux liquide.

— Tiens, dit-il, à Donalda qui grelottait

toujours, je t'apporte une bonne tasse de thé. Ça, ça va te guérir, ma fille.

— Tu es bien bon, fit la malade, en dressant vers l'homme des yeux plus brillants que jamais et tout pleins déjà de reconnaissance.

Elle but le pâle mais chaud breuvage, car elle avait grand soif et se sentait faible.

Séraphin ne trouva pas un mot à répondre, tant il était rempli de la magnificence de son acte. Personne au monde, pas même le prodigue Alexis, n'eût fait mieux que lui, et avec un plus grand cœur. Il se crut bon à l'égal des saints. Dans cette maison de lésine, où l'avarice était devenue la seule grandeur, Séraphin Poudrier éprouva une sensation de bien-être et de contentement à la pensée qu'il donnait à sa femme malade tous les soins nécessaires. Et plus encore: du thé.

Au reste, il pousserait le dévouement jusqu'à ne pas quitter Donalda tant qu'elle serait malade. Et puis, tout s'arrangeait assez bien. Il n'avait pas de courses à faire, personne à voir, pas de contrats à rédiger. Les récoltes se trouvaient à l'abri et, sur la terre froide, il ne restait pas une seule carotte, une seule betterave, un seul chou, une seule patate. L'ordre avait marché avec les saisons, et il régnait, comme par le passé, égoïste, au dedans comme au dehors. Séraphin savait qu'un sentiment de générosité ne suffirait pas à lui faire perdre la tête. Il possédait cette puissance de revenir quand il voudrait, à l'heure qu'il voudrait et de la façon qu'il voudrait à sa passion, pour lui plus vaste que l'espace.

Il avait l'habitude d'inscrire dans un petit cahier, une fois par année, les intérêts perçus, ceux à venir, les recettes des récoltes, l'argent accumulé: il faisait son bilan, l'heureux homme.

Doué d'une mémoire prodigieuse, il n'entrait jamais dans ses livres, sur le fait, les prêts d'argent, ni aucune espèce de marché. Du reste, les billets qu'il conservait précieusement, aussi bien que les contrats signés par-devant notaire, se trouvaient toujours là, si jamais la mémoire venait à lui faire défaut. Mais la mémoire ne faisait pas défaut. Jamais. Et, très calme, il n'avait pas à réfléchir longtemps devant son cahier. Son cerveau était devenu une machine qui enregistrait, sans erreur ni d'un sou ni d'une date, toutes ses affaires. Mentalement, Séraphin pouvait vous dire avec la plus grande facilité quels sont les intérêts de deux cent trente-sept dollars cinquante à douze et demi pour cent pour 92 jours, pour 101 jours, pour 3 ans et 3 jours. Dans ce genre de calcul, il ne manquait jamais d'étonner l'emprunteur et de l'acculer à une grande admiration, pas très éloignée de la crainte.

Donalda étant malade, l'occasion s'offrait belle, aujourd'hui, de caresser ces chiffres qui représentaient presque réellement des pièces d'or, des pièces d'argent, des billets de banque, en tas, en piles, en masse. Séraphin ne la manqua pas. Pouvait-il résister à l'ensorcelante habitude, puisqu'il devait rester à la maison? Il alla donc, à pas feutrés, chercher le petit cahier dans le meuble d'acajou, et revint s'asseoir près de la table.

Il n'avait pas déjeuné. Il n'avait pas faim de nourriture périssable et qui empoisonne l'organisme. Il avait faim d'or, nourriture de permanence, d'éternité.

Il commença son travail lentement, avec

une précision qui l'étonnait. Il constata que sa mémoire était aussi fidèle que jamais. A la fin, il trouva ceci. Les intérêts sur billets et sur prêts hypothécaires lui avaient rapporté la somme de mille six cent trois dollars et trois sous et les produits de la petite terre, trois cents dollars exactement. Il fut surpris, d'abord, de trouver que la ferme lui donnait exactement trois cents dollars. Pas un sou de plus ni de moins.

— C'est curieux, fit-il. Ça se peut pas.

Dix fois, il recommença ses calculs mentalement. Dix fois, il trouva la même solution: trois cents dollars.

— Allons-y pour trois cents dollars. Je peux pas me tromper. Et tant mieux, viande à chiens! Pas méchante, ma terre; meilleure que les années passées. Elle engraisse, la bonguienne. Elle engraisse. Mais il faut la ménager pareil.

Après avoir fait un trait, il écrivit le grand total: « $1,903.03 » et la date: « 17 novembre 1890. » Il serra ensuite dans le petit meuble le cahier rempli des secrets de son péché, et revint dans le bas côté, se frottant les mains de bonheur et de contentement. Il pensait:

— C'est pas trop pire, mille neuf cent trois piastres et trois sous, pour une année de misère. C'est pas trop pire.

Il vint s'asseoir près de la table, à la même place, pour mieux jouir, lui semblait-il, de sa richesse qu'il était le seul, dans la région des Laurentides, à connaître jusqu'au fond.

Il n'avait pas faim. Il venait de respirer, de toucher, de manger avec délices des chiffres représentant de l'argent. Il en était imprégné, saturé, gavé, il en était plein dans ses veines, dans son corps, dans toutes ses facultés. Il n'avait pas faim. Il était littéralement ivre d'or.

— Mille neuf cent trois piastres et trois sous, calcula-t-il. Ajoutons ça au capital déjà placé et prêté: cela fait bien, en chiffres ronds, dix-huit mille piastres. Les bâtiments, la terre, la maison, les meubles, et le magasin en haut, et les trois sacs d'avoine en plus, ça fait bien, sans aucune exagération, vingt mille cinq cents piastres.

C'est certain, comme la lumière de Dieu

nous éclaire, qu'il n'y avait pas un homme dans le comté qui « valait » plus que lui. Lui, Séraphin Poudrier, petit cultivateur, petit prêteur de rien du tout, mais qui tenait tout le monde dans sa main: monsieur le maire, monsieur le docteur, monsieur le député, tous les cultivateurs, depuis le plus gros jusqu'au plus petit. Peu d'hommes mangeant et ayant besoin d'un gîte qui ne lui devaient de l'argent. Il était le possesseur et le maître. Une joie profonde, sans limites, bleue comme un ciel de printemps, l'inondait.

Mais l'horloge, qui marque la durée de toute jouissance terrestre, sonna une heure.

— Viande à chiens! grommela Poudrier en extase, qu'est-ce que je fais là? Mes animaux qui sont pas soignés, et Donalda qui grouille pas pantoute.

Il sortit précipitamment, se rendit à l'étable, donna une portion aux bêtes qui la lui rendraient bien plus tard en argent.

Rentré dans la maison, il fut étonné que Donalda ne bougeât pas. Serait-elle plus mal? Cette préoccupation fut vite bousculée par une autre: « Si au moins elle peut pas me demander du bouillon de poule! »

Il pénétra doucement dans la chambre, ce grenier misérable, rempli d'un air de détresse, traversé en diagonale par un trait de lumière pâle que portait jusqu'au lit la lucarne ouverte sur le nord.

La malade paraissait dormir, la tête penchée à droite, une main sous la mamelle gauche.

— Ça va-t-il mieux, ma fille, dit-il.

Donalda fit signe que non. Puis, ouvrant les yeux, d'où coulaient deux rayons étrangement lumineux, elle s'efforça d'articuler:

— Si tu allais au village, Séraphin, pour voir le docteur, m'achèterais-tu en même temps un chapelet, chez Lacour?

— As-tu perdu ton chapelet de noces?

— Oui, Séraphin, ça fait un mois, je pense.

— Laisse faire, ma fille, j'ai le mien, mon chapelet, on le dira ensemble. Tu comprends, je suis pas riche, il faut ménager.

Donalda laissa tomber sa tête brûlante sur l'oreiller, et de sa main droite, elle pressait son côté gauche, comme pour calmer une grande douleur.

Séraphin la regardait avec curiosité, et, au fond, se tourmentait parce qu'il n'avait rien à dire. A la fin, pour la rassurer, il trouva ceci:

— Je m'en vas guetter Alexis.

A ce seul nom, la malade ouvrit de nouveau les yeux, et un sourire presque imperceptible effleura ses lèvres sèches. Elle ne parla pas, cependant. Les frissons avaient diminué, mais une soif horrible la dévorait toujours. Elle offrit cela au Christ du Calvaire pour la conversion d'Alexis, afin « qu'il lâche la boisson puis les femmes ».

V

Vers les trois heures de l'après-midi, Séraphin avala, comme une bête, cinq galettes de sarrasin et but un grand bol d'eau. Il guettait Alexis depuis une heure, lorsqu'il s'aperçut qu'une voiture chargée de bois venait de passer devant sa porte. Il sortit précipitamment.

— Alexis! Alexis! cria-t-il.

— Ouau! répondit une voix forte qui se fit entendre aux quatre coins des bois d'alentour.

Et la pesante ouaguine[1] s'arrêta au sommet de la côte.

— Ah! Je suis donc content de te voir, fit Poudrier en s'approchant.

Il dit aussi un bonjour à Bertine, qui se trouvait assise sur la charge de billots, aux côtés de son père.

— Tu sais, mon vieux, continua-t-il, Donalda est pas ben pantoute.

---

1. Du mot anglais « wagon », chariot de ferme.

Alexis, accroupi sur sa charge de bois, tenant de sa main gauche les guides bien tendues, et de sa droite un long fouet en nerf de bœuf, le dévisageait. Une grande inquiétude changeait peu à peu son visage, marqué d'une cicatrice au front, trace d'une blessure qu'il s'était faite aux camps[1] des MacLaren, en haut de la Lièvre[2], lors d'une furieuse bataille à coups de poings et à coups de haches. Il dit enfin :

— Bon yeu de bon yeu ! Quoi c'est qu'elle a ? Je m'en vas descendre la voir.

— Non, non, fit Séraphin. Elle repose un peu ; il faut pas la déranger.

— Ouais. Mais ça fait-il longtemps qu'elle est de même ?

— Depuis hier.

— Je m'en vas-t-il aller voir le docteur ?

— C'est pas nécessaire. Je crois quasiment que c'est une indigestion. Seulement, ça ferait mon affaire extra si tu me laissais Bertine pour voir à l'ordinaire, tu comprends, pis pour voir un peu à tout'.

---

1. Logements de bûcherons dans la forêt.

2. Rivière dans le comté de Labelle, province de Québec.

— Ça peut pas mieux s'adonner, Séraphin. Débarque, Bertine.

Et la jolie fille d'Alexis, âgée de seize ans, vive, vigoureuse, l'œil clair, et un teint de pomme mûre, sauta dans l'herbe gelée.

— Tu comprends, continuait le cousin prodigue, je l'amenais au village pour l'agreyer de linge, pis de dentelle, je sais pas le diable quoi, moé. En tout cas, ça sera pour une autre fois.

Il se tenait maintenant debout, en équilibre, sur l'un des billots[1]. Dans son temps, Alexis passait pour un des meilleurs draveurs[2] sur la *Lièvre* et la *Rouge*. Il n'avait point changé. En ce moment, fier, le torse cambré, beau, il dominait la plaine et la rivière. Avant de partir, il dit encore:

— En tout cas, prends ben soin de Donalda. Tu sais que c'est une femme dépareillée. S'il t'arrivait quelque chose, ça me ferait de la peine. J'arrêterai à cinq heures.

1. Troncs d'arbres, billes.

2. Flotteurs. Au Canada, ouvriers qui font le flottage à bûches perdues.

Et il pensa en lui-même: « Si fine et si belle ».

— Aie pas peur, fit Poudrier qui se dirigea avec Bertine vers la maison.

De très loin, dans l'air gris et bas, on pouvait entendre la voix sonore d'Alexis, commandant ses deux chevaux: « Soldat! Prince! Maudit Prince, marche donc! »

Mais personne n'entendait le cœur de cet homme qui disait:

— Pauvre Donalda! Si ça peut pas être grave, toujours? Bon yeu de bon yeu! que c'est de valeur. En tout cas, je m'amuserai pas à l'hôtel; il faut que je soye de retour, icit', pour cinq heures sonnantes.

— Soldat! Prince!

VI

Bertine ne tarda pas à monter voir la malade, qu'elle trouva demi-couchée sur le dos, et respirant avec peine.

— Que tu es bonne d'être venue, dit Donalda. Ah! si tu savais comme je souffre.

— Prends patience, ma vieille. On va te guérir vite. Je m'en vas voir à tout. On va ben te soigner. D'abord, tu vas boire un bouillon de poulet.

— As-tu du bouillon de poule?

— Pas dans le moment, mais je vais en tuer une. Ça tardera pas.

Donalda se redressa dans son lit, les deux mains en avant d'elle, pour une supplication émouvante. Elle trouva la force de dire:

— Fais pas ça, Bertine. Il m'en voudrait à mort.

Et elle retomba comme une masse.

Bertine descendit bientôt, balaya la cuisine, rangea chaque chose, épousseta partout, nettoya le dessus du poêle. Elle allait, vive, propre, travaillant avec ordre, comme une abeille.

Séraphin la regardait du coin de l'œil tout en réparant une courroie de harnais. Cette belle fille, dans la maison, lui apportait un air de fête qu'il ne connaissait pas. Il sentait courir dans ses veines un sang neuf et bouillant. Malgré lui, ses yeux revenaient toujours se poser sur cette croupe rebondissante de Bertine, sur ces mollets fermes et gras que la jupe trop courte laissait voir en plein, et sur la poitrine surtout, la plus belle du monde, et qui faisait éclater le corset trop petit. Jamais Poudrier n'avait été secoué aussi fortement par le désir. La luxure, la vieille luxure qu'il combattait depuis tant d'années, reprenait le dessus. Elle finirait par le broyer dans ses anneaux de chair et de plaisir. Il se laissa faire. Il oublia absolument que sa femme était peut-être en danger de mort, et que Bertine venait exprès pour elle. Il imaginait les moyens de posséder, bientôt, tout à l'heure, dans le foin de la grange, cette ragoûtante paysanne aux lèvres charnues et rouges, à l'œil vif où paraissaient courir des lueurs de convoitise et d'abandon.

Bertine, honnête comme un arbre, ne se souciait pas plus de l'homme que de son péché. Elle était loin de penser, d'ailleurs, que son corps pourrait exciter son cousin. Elle travaillait.

Séraphin, que les désirs impurs pénétraient de plus en plus, alla faire semblant de fendre du bois dehors. Car Bertine, pensait-il, sortirait tantôt. Il pourrait lui parler. Déjà il se grisait d'images et d'attouchements. Mais il fut arraché à sa rêverie par la présence de la jeune fille qui se tenait devant lui, un couteau à la main.

— Quel poulet qu'on va tuer, cousin, demanda-t-elle?

— Hein! Tuer une poule! tuer une poule! répéta-t-il.

Mais il se ressaisit aussitôt:

— T'as raison. J'y avais pensé, moi itou. J'allais justement en tuer une avant que t'arrives. Tiens, prends donc celle-là, icit', la petite grise.

Bertine ne fut pas longue à revenir avec la volaille. La plumer, la vider, la laver, la mettre au feu, ce fut l'affaire de quelques minutes.

— Quelle fille smatte[1], pensait Séraphin qui ne la quittait pas des yeux. Et viande à chiens! Quelles fesses itou, quelles fesses! Il s'ennuiera pas avec ça, le petit Omer Lefont. Une vraie belle fille!

Et Séraphin allait dans la cuisine, agité, incapable de rester en place. Il attisait le feu en attisant ses désirs. Il pompait l'eau dans la tonne. Il avait presque envie de chanter. Il se sentait jeune, gai, heureux. La fille appétissante lui faisait oublier la volaille d'argent.

Comme cinq heures sonnaient, il se rendit à l'étable pour traire les vaches et soigner les animaux. De son côté, Bertine préparait le souper. Mais elle ne trouva rien, ni beurre, ni graisse, ni thé, pas même de pain.

— Il n'y a pas de pain dans la maison? demanda-t-elle à son cousin qui rentrait avec sa chaudière presque remplie de lait chaud.

— Pas vrai? C'est curieux. Ta cousine a

---

1. **Habile, vaillante, du mot anglais: *smart*.**

boulangé la semaine dernière. On aurait-il déjà tout mangé?

— Pas de thé, non plus?

— Nous avons bu le restant à matin. Je dois toujours aller au village pour m'acheter ces choses-là qui me manquent. Mais je suis pris de tous bords et de tous côtés.

— Dans ce cas-là, dit Bertine. on va s'arranger avec ce qu'on a.

Elle fit des galettes avec de la farine de sarrasin, mit un pot de lait sur la table. Et. après avoir tiré le bouillon de la poule, elle réussit, avec la chair, une sauce blanche mangeable, liée de farine et de lait.

Poudrier n'en croyait pas ses yeux.

— C'est certain, pensa-t-il, que si cette petite dépensière reste icit' encore une couple de jours, je suis ruiné.

Bertine saupoudra de sel (elle ne trouva point de poivre) le bol fumant de bouillon. et monta le porter à la malade.

Donalda, assise dans son lit. paraissait aller mieux. Sa cousine trouva qu'elle avait un bon œil, et même de belles couleurs. De fait, la joue gauche était particulièrement rose.

— Tiens, ma cousine, dit-elle, en tendant le bol. Ça, c'est riche, ça va te faire du bien.

La malade eut un sourire qui attendrit Bertine. Elle l'aidait maintenant à boire en lui soutenant la tête.

— Que c'est bon! Que c'est bon! Je pense que ça va aller mieux. Merci.

— Prends pas de soucis pour rien, Donalda. Si tu as besoin de moi, tu n'as qu'à m'appeler. A c't'heure, je m'en vais donner le souper à ton homme.

Et elle descendit vivement, sans faire de bruit. Elle alluma deux chandelles, une à chaque bout de la table.

— C'est curieux, Bertine, dit Séraphin, en se servant de sauce blanche, c'est curieux que ton père n'arrive pas. Il avait pourtant promis d'être icit' à cinq heures.

— Son pére fait ce qu'il peut, répondit-elle sèchement. En tout cas, laissez faire: il est capable d'arrimer ses affaires tout seul.

— Ah! pour ça, t'as ben raison, ma fille.

Bertine parlait de la sorte, sans aucune sympathie, parce qu'elle détestait souverainement son cousin qui, même marié, était resté un vieux garçon dégoûtant, un vieux grippe-sous qui grattait jusque sur le pain, sur le thé, sur le lait, sur le beurre, sur le poivre. Plus que cela: de peur de l'épuiser, il ménageait sa terre, l'admirable prodigue qui ne demande qu'à donner, donner encore, donner toujours. Décidément, Séraphin Poudrier ne valait point la corde à le pendre. Bertine ne se donnait même pas la peine de lever les yeux sur lui. Ce grand corps osseux, brun, courbé comme un mauvais arbre, cette tête chauve, ce visage long, cette bouche édentée, ces yeux malicieux et cupides, tout, tout dans cet être lui faisait horreur.

Mais, lui, la désirait passionnément. Il souhaitait poursuivre un entretien qui l'aurait conduit, peut-être, à un charnel rapprochement. Au contraire, la conversation tomba raide, comme une pierre dans l'eau, avec cette différence qu'elle ne laissa pas même la plus légère trace sur les deux figures désormais fermées.

Poudrier mangea avec sensualité, comme jamais il n'avait mangé dans sa vie. Il soufflait fort, regardant droit devant lui, tandis que les morceaux de volaille et les galettes de sarrasin disparaissaient avec rapidité. Il eut tôt fini. Il se leva, se prépara à sortir. Bertine lui dit:

— Il faudrait du bois.

— Je m'en vas t'en rentrer une couple de brassées.

Il alla à l'étable, d'où il revint longtemps après.

— Et le bois, fit Bertine?

— Ah! oui, le bois. J'avais oublié.

Il sortit de nouveau. Il faisait si noir maintenant qu'à vingt pas on ne distinguait même pas la grange dont les lignes brisées se confondaient avec la colline. Mais Poudrier travaillait aussi bien dans les ténèbres qu'en plein midi. Est-ce qu'autrefois il ne labourait pas souvent à la mince clarté des étoiles? Or, scier du bois et le fendre, dans la pleine noirceur, et près de la maison, c'était pour lui bien peu de chose. Il se pressa donc d'entrer les deux brassées de rondins, mais auparavant, dehors, il les avait comptés.

Bertine, sa besogne terminée, monta voir la malade.

Donalda ne dormait pas. Elle ne dormait jamais et jamais ne demandait à manger.

Le frisson unique et si alarmant avait disparu, mais une fièvre épuisante la brûlait des pieds à la tête. Elle demanda de l'eau. Elle avait soif. Elle avait toujours soif. Elle respirait avec la plus grande difficulté. Elle cherchait de l'air. Elle voulait manger de l'air.

— Veux-tu que ton mari aille chercher le docteur? suggéra Bertine.

— Non, pas aujourd'hui. Attendons à demain. Ça va peut-être aller mieux cette nuit.

Donalda entrecoupait ses mots de longs silences, comme si elle allait les chercher au fond d'un abîme, où l'air et la lumière n'existaient point.

— En tout cas, ajouta Bertine, c'est moi qui vas coucher en haut pour te veiller. Ton mari couchera de l'autre bord ou ben il s'arrangera comme il voudra.

— Laisse-le faire, trouva la force de répondre la malade, en posant une main fiévreuse sur son côté gauche.

Bertine retrouva Séraphin qui se promenait lentement dans la cuisine. A la lueur falote de la chandelle, elle se mit à feuilleter de vieux journaux.

Le vent s'était élevé. Il paraissait venir de très loin. Une corde battait sans cesse la barrière. On eût dit du bois sec qui pétille. Le froid persistait toujours. Une atmosphère d'angoisse se condensait sous le toit des Poudrier, et Bertine, ne pouvant plus résister, consentit à ouvrir la bouche.

— Pourquoi, cousin, ne faites-vous pas un petit feu dans le haut côté? Puis vous coucheriez dans la chambre des étrangers.

— C'est pas la peine, ma fille. Je m'en vas faire un bon lit icit', en bas, avec la chaise berçante accotée sur le bahut.

— Je sais que vous êtes capable de vous arranger tout seul. Dormez tranquille. Cette nuit je veillerai Donalda. Bonsoir.

— Bonsoir.

Et elle monta, après avoir pris sur la table une chandelle allumée.

C'est à ce moment que Poudrier se rendit compte que, depuis cinq heures du soir, deux chandelles brûlaient sans cesse, inutilement.

— Quel gaspillage! pensa-t-il. C'est ben sûr que cette fille-là va me mettre dans le chemin.

Et, sans doute pour se consoler, et après s'être assuré que la porte était bien fermée ainsi que les deux fenêtres, il pénétra dans le haut côté sans faire le moindre bruit. Il s'engagea dans l'escalier de ténèbres qui conduisait aux trois sacs d'avoine.

Il plongea sa main froide dans l'un des sacs, avec quelles délices! avec quel bonheur! avec quel ruissellement de joie et de passion! Du premier coup il toucha la bourse de cuir. L'or, l'argent, les billets de banque, la vie, le ciel, Dieu. Tout. Il laissa filer un long soupir. Un moment, il resta dans les ténèbres, abruti par sa volupté, puis, après avoir barré la porte de cette chambre secrète, il descendit comme un voleur les douze marches de l'escalier branlant, mené par une autre passion, longtemps concentrée et devenue hallucinante. S'il pouvait voir Bertine se déshabiller. Seulement l'entrevoir. Un éclair de peau dans la nuit. La durée d'un instant. Ah! combien il garderait, toute sa vie, dans ses yeux, cette affolante image! Mais il ne bougeait pas, espérant toujours qu'il entendrait le bruit d'un corset qu'on enlève. Rien.

— Serait-elle déjà en jaquette[1], pensa-t-il? Malchance.

Son vieux cœur dur battait, métallique, par à-coups. Franchement, les trois sacs d'avoine possédaient-ils une plus grande puissance d'appel que la chair de Bertine? Ne pouvant plus attendre, il risqua. Il monta la première marche de l'escalier. Son idée était d'arriver au grenier en deux bonds, et de surprendre Bertine à moitié nue. Il mit l'autre pied sur la troisième marche, qui craqua.

— Voulez-vous quelque chose, cousin. cria d'en haut la voix de Bertine?

— C'était rien que pour voir comment Donalda était.

— Pas plus mal. Si ça rempire, je vous réveillerai. Bonsoir.

— Bonsoir, dit faiblement Séraphin qui décida de se coucher.

Il se fabriqua un lit avec deux chaises, des manteaux et une vieille couverture. Mais à peine s'était-il tourné sur le côté droit, offrant au sommeil ses vieux os, que Donalda commença de tousser péniblement.

---

1. Chemise de nuit.

C'était une toux sèche et lointaine, qui s'échappait par saccades.

Bertine alluma la chandelle et vint près de la malade qu'elle trouva presque assise dans son lit et se plaignant d'un point de côté qui lui transperçait le corps quand elle respirait et surtout quand elle toussait.

— Ah! que j'ai soif, soupira-t-elle!

— Tu bois peut-être trop, Donalda, fit Bertine en lui offrant le gobelet.

— Ah! si tu savais comme j'ai mal à la tête et comme j'ai chaud.

Et la toux s'accentua, pénible, quinteuse.

— Essaye de dormir, pauvre vieille. Dès demain matin, nous ferons venir le docteur, assura Bertine en la couvrant comme il faut jusqu'au menton.

Après quoi, elle souffla la chandelle, et la maison retomba dans la nuit, fermée comme un four. Le vent courait encore sur la toiture de bardeaux, dans la prairie et sur les coteaux désolés. Puis il cessa. On entendait seulement la respiration difficile de la malade, et, de temps à autre, la lame aiguë de la toux qui rentrait dans les chairs.

A force de prières, à force de demander

pardon pour tous les péchés qu'elle avait commis, après avoir pardonné les offenses des autres, au prix de tous les courages et de tous les sacrifices, Donalda se rendit jusqu'au point du jour sans se plaindre et sans déranger personne. D'ailleurs, avant que l'aube n'eût décoré d'une couronne d'opales les sveltes épinettes et les merisiers énormes au sommet de la montagne, Bertine était déjà debout et habillée.

Elle trouva la malade couchée sur le côté droit, les yeux grands ouverts, plus brillants que jamais, et fixant le crucifix pendu à la muraille.

— Comment te sens-tu à matin, demanda Bertine?

Donalda fit un effort déchirant pour respirer. Ses joues étaient brûlantes, et la sueur couvrait son front. Avec une voix qui paraissait s'éteindre tranquillement, elle dit:

— J'ai tous-sé... toute... la nuit... Mais... mon point... me... fait... moins mal. C'est... p't'être... parce... que j'ai craché.

Bertine faillit laisser échapper un cri en regardant dans le vase, où elle vit des crachats teintés de sang, couleur de sucre d'orge, épais et visqueux. Tout de suite elle descendit à la cuisine jeter ce poison et laver le vase à grande eau. Par la fenêtre, elle vit Séraphin qui sortait de la grange, une fourche sur l'épaule.

— Il fait sans doute son train, songea-t-elle.

Et elle alla droit à lui.

— Ecoutez, mon cousin, Donalda crache le sang, à matin. Il faudrait voir le docteur. Elle n'a pas dormi de la nuit.

Poudrier piqua dans le sol gelé sa vieille fourche et, les deux mains appuyées dessus, il songea un moment. Puis, avec beaucoup de calme:

— Ouais. Elle est ben malade, comme ça. Mais c'est à savoir si le docteur est là?

— Pour le savoir, il faut y aller.

— Quant à ça, t'as raison. Ben... je pense que je m'en vas y aller. Je vas toujours finir mon train.

Et l'homme porta lentement du foin à ses bêtes.

— Je tirerai[1] les vaches, moi. Allez au village, vous, cousin. Dépêchez-vous, lui criait encore Bertine du seuil de la porte.

---

1. Trairai.

Une demi-heure plus tard, Séraphin Poudrier disparaissait, comme une ombre, dans la grande montée. Il ne pouvait pas aller vite: son cheval avait le souffle, et le boghei, à tout instant, menaçait de s'écraser.

VII

Quel ne fut pas l'ahurissement de Bertine lorsqu'elle vit Séraphin qui revenait seul du village. Donalda toussait de plus en plus, respirait de moins en moins, et crachait de temps à autre. Deux fois, depuis le matin, Bertine avait vidé et lavé le vase. Les crachats, maintenant, prenaient la couleur de la rouille; plusieurs, même, étaient striés de sang. Ah! que c'était alarmant! Elle ne voulait pas le croire, mais elle sentait bien que Donalda s'en allait doucement, doucement, pareille à une rose que le froid a frappée, et qu'on essaye en vain de réchauffer et de ranimer avec des mains d'amour. Et cette soif qui la torturait toujours comme un cauchemar.

Bertine, excellente ménagère, tâchait, bien qu'il manquât de tout dans cette maison, de cuire du pain et de battre cinq ou six livres de beurre. Mais la maladie de sa cousine l'inquiétait et l'énervait trop. Dès qu'elle l'entendait tousser ou cracher, elle se précipitait comme une folle dans l'escalier et se tourmentait, âme en peine, autour du lit. Tout cela en vain, puisque le docteur ne pouvait pas venir. C'est bien le pressentiment qui l'avait harcelée depuis quatre heures.

Lasse, désespérée, et les bras tombant ainsi que des outils qui ne fonctionnent plus, elle prépara quand même le dîner.

— C'est ben de valeur, dit en entrant Séraphin. Le docteur est pas chez lui. Il paraît qu'il est allé à Montréal, par rapport à sa vieille mère qui est morte, elle itou.

Le mot lui avait échappé. Heureusement, Bertine était distraite.

— Qu'est-ce qu'on va devenir, demanda-t-elle?

— Je sais pas, moé.

On se mit à table. A peine avait-on commencé de manger un reste de sauce blanche, qu'on entendit un « ouau » formidable, couvrant le bruit d'une voiture qui s'arrêtait brusquement devant la porte.

C'était Alexis. Habillé de noir, frais rasé,

un chapeau neuf à la main, mais le visage triste, il s'informa de la malade.

— Comment va-t-elle? C'est-il pire? Le docteur va-t-il venir? En tout cas, Bertine, ta mère t'envoye ça pour Donalda. C'est de la moutarde, pour faire une mouche, de la graine de lin pour une tisane, pis cette bouteille-là, icit', c'est du sirop de navet. Rien de meilleur pour elle. Si Donalda revient pas avec ça, je sais pas comment ça peut retourner? Tu comprends, je serais ben venu hier, mais j'ai été retenu au village.

La vérité, c'est qu'il avait bu jusqu'à se saouler, le pauvre homme. Il voulait noyer sa peine. Et sa peine, maintenant plus vive et plus rouge que jamais, remontait à la surface. On le vit bien à son teint, à son énervement, surtout quand il s'engagea dans l'escalier.

Avec des précautions infinies, comme s'il entrait dans un lieu saint, il s'approcha du lit.

— Comment ça va, ma Donalda, dit-il, avec une douceur qui l'étonna lui-même?

— Alexis...

Et la malade lui tendit une main moite qui prenait déjà l'apparence de la cire.

— Ecoute, Donalda. Je m'en vas aller en chercher un docteur pour toé. J'irai jusqu'à Sainte-Agathe, s'il faut.

— Non, Alexis. Les chemins sont trop mauvais. C'est trop loin. En tout cas, fais le bon garçon.

Elle eut de la difficulté à terminer sa phrase. Une quinte de toux la secouait.

— Il n'y a pas de mauvais chemins; il n'y a pas de loin: je serai icit' avec un docteur pas plus tard qu'à soir, assura le brave homme.

— Sais-tu, Alexis? J'aimerais autant voir M. le curé, à c't'heure.

— C'est correct, on va avoir le curé itou. En passant chez Gladu, je lui demanderai de l'emmener icit'.

Et il descendit en se mouchant.

— Comme ça, Séraphin, dit-il, le docteur Dupras est pas chez lui?

— Non, mon Alexis.

— Ben, dans ce cas-là, je m'en vas aller tout dret à Sainte-Agathe. Il est midi et demi, je devrais être icit' à huit heures, à soir. Ma petite Cendrée est pas mal vite.

— Comme tu voudras, Alexis, répondit-il.

— Je vas dire aussi au petit Gladu d'aller chercher le curé.

— C'est ben vrai: le curé.

Et Séraphin fut fort surpris de n'y avoir pas pensé plus tôt, puisque le curé viendrait sans exiger un sou.

Bertine comparait inconsciemment son père, fort, beau et grand, avec Séraphin, doucereux, hésitant, chafouin. Et comme elle l'admira! Il partit comme une tempête! Il avait déjà disparu derrière la colline que le regard ardent de sa fille le suivait toujours.

— Ça se peut qu'il ramène le docteur, dit Séraphin en se remettant à table.

— Il faut qu'il le ramène, assura Bertine.

On mangeait maintenant en silence, sans beaucoup d'appétit. Poudrier songeait qu'il avait fait l'impossible, tout son devoir. Si le docteur n'y était pas, ce n'était pas sa faute. Puis, il économisait quand même deux belles piastres, et certainement davantage. D'un autre côté, il souhaitait que le docteur de Sainte-Agathe fût absent, lui aussi. Autrement, ça lui coûterait dix piastres. Dix piastres! Le salaire d'un mois, dans les chantiers. Une fortune. Un bon commencement, en tout cas. C'est vrai que sa femme était malade, mais c'est le sort de tout le monde, et on n'en meurt pas. Tantôt il se réjouissait d'avoir sauvé deux piastres; tantôt il souffrait terriblement à la pensée que ça pourrait peut-être lui en coûter dix. Quelle épreuve, et bien pire que la maladie de Donalda! Il maudissait encore, comme l'autre jour, la vie à deux. Si un miracle se produisait? Si Donalda se levait, là, tout d'un coup, et se mettait à marcher, sans les soins et sans les remèdes du docteur?

Il était plongé dans la mare de ses pensées, lorsqu'on entendit un bruit semblable à des hoquets faibles.

Bertine s'élança vers le grenier.

C'était Donalda qui pleurait doucement en se tordant les mains; et les larmes tombaient sur ses mains. Elle pleurait, pareille à la source perdue dans une montagne où ne viendrait jamais personne. Elle avait les joues toujours brûlantes et roses, roses comme les deux plus belles roses du plus bel été.

— Ne pleure pas, ma fille, ne pleure pas, sanglotait elle-même Bertine en embrassant maintes fois, comme une folle, le visage de sa cousine.

Désespérée, la malade montra le crucifix de plâtre qui souffrait, lui aussi, et saignait sur le vieux mur crevassé. Bertine lui tendit la Croix du Calvaire, que la malade saisit avidement et baisa avec amour. Mais le crucifix lui tomba presque aussitôt des mains: une crise de toux l'étouffait.

Bertine lui présenta le vase. Les crachats moins visqueux étaient d'un rouge plus vif. Donalda sentait que sa langue était épaissie et pâteuse, comme si elle avait mangé une terrinée de cerises à moitié mûres. Elle souffrait encore plus que la veille. La fièvre et la soif la desséchaient toujours par au dedans.

— Que c'est triste, mon Dieu! que c'est triste, mourir, si jeune, dit-elle, dans un suprême effort. Mais je veux mourir. Venez me chercher, mon doux Seigneur!

Et des sueurs couvraient sa face injectée.

— Veux-tu quelque chose, demanda Bertine qui avait peine à retenir ses larmes? Veux-tu boire un peu de sirop de navet? Maman te fait dire que c'est ben bon.

Elle fit signe que non, comme elle laissait errer son regard dans la pauvre chambre où elle avait tant souffert, sans se plaindre, privée d'enfants, de toute joie maternelle, de toute joie humaine. Oh! elle ne voulait adresser un reproche à qui que ce fût. Son cœur n'était qu'un pardon immense; et elle pardonnait à celui-là même, son mari, qui se tenait debout, depuis un instant, au pied du lit. Donalda lui fit signe d'approcher. Elle lui tendit la main qu'il serra tendrement pour la première fois de sa vie, peut-être.

— Mon pauvre vieux (et sa voix était devenue plus brève) promets-moi de jamais te remarier. Tu vivras toujours plus heureux tout seul.

— Je te le promets, ma vieille.

Et Poudrier laissa tomber son front chauve sur la main de cire.

Bertine courait de la lucarne du grenier à la fenêtre de la cuisine, anxieuse, énervée, sondant l'horizon, espérant voir apparaître tout à coup, soit le docteur, soit le curé. Rien. Toujours rien. Elle ne se possédait plus, la pauvre enfant. Elle aurait donné sa vie pour sauver Donalda.

Vers les six heures du soir, la pluie commença de tomber. La maison se remplit aussitôt d'un bruit venant d'en haut, crépitant, et les réprobations du ciel semblaient tomber sur elle.

Donalda laissa échapper un long soupir et demanda à boire.

Séraphin ne perdait rien de son calme: il tendit le gobelet à son épouse, qui but à peine deux gorgées.

Dans la nuit crue[1], triste et pesante de novembre que la pluie rendait plus lourde encore, on entendit tout à coup une clochette d'argent qui faisait monter, à intervalles égaux, une note déchirante de la campagne écrasée.

— Voici le bon Dieu! dit Bertine qui rangea vivement chaque chose dans la place

---

1. Humide.

et alluma deux chandelles après avoir enlevé son tablier.

Poudrier était descendu, et se tenait debout, près de la porte. Bientôt, on aperçut la lueur d'un fanal[1] qui décrivait un arc dans la cour. jusqu'au bord du puits. Séraphin et Bertine se mirent à genoux, tandis que la porte s'ouvrait devant le bon Dieu. Bertine suivit le prêtre au grenier. Elle alluma un cierge, mit de l'eau bénite et un rameau dans une soucoupe, puis déposa ces objets du rituel sur la petite table, près de la malade à qui elle remit une serviette blanche.

Donalda manifestait le désir de se confesser. Bertine se retira et alla retrouver son cousin dans la cuisine, assis en face du poêle, la tête entre les mains et ne pouvant détacher son regard de l'anneau de la trappe donnant sur la cave. Dans un coin obscur de la pièce, Timéon Gladu songeait lui aussi, tristement, le fanal allumé à ses pieds. Bertine se promenait de long en large, les bras croisés. Chaque fois qu'elle passait près de la pompe, elle buvait une

1. Lanterne.

gorgée d'eau. Elle n'avait pas soif, mais tâchait à noyer son obsession.

Un murmure soudain descendit au milieu du silence. On monta.

Le prêtre récitait des prières en latin, auxquelles il répondait lui-même, et que répétèrent ensuite, en tremblant et en passant des mots, Poudrier, Bertine et le jeune Gladu. Puis, il présenta à la malade, pauvre femme qui avait tant manqué d'amour, le pain des pauvres et des malheureux. Au moment où le Christ touchait sa langue sèche, Donalda ferma les yeux, et se rappelant sa première communion, elle revit la sainte table de l'église du village, dont elle s'approchait en petite robe d'indienne, avec une âme toute en blanc et en or. Cette minute solennelle lui ramenait la scène jusque dans les moindres détails avec une lumineuse netteté. Elle respira l'air extasiant de ce juin spirituel, où le soleil faisait ruisseler dans les montagnes et les prairies, sur les eaux, sur les arbres, sur les fleurs, dans l'église et dans son cœur, ses arpèges de lumière. Avec amour Donalda reçut le corps et le sang du Sauveur du monde, tandis que deux larmes, les deux dernières, venues du fond de son être, coulaient lentement sur ses joues en feu.

Le prêtre dit encore une prière, et tous répondirent ensemble: « Ainsi-soit-il ». La malade regardait fixement devant elle, comme plongée dans une extase. L'Envoyé de Dieu commença d'administrer, avec des gestes lents et doux, le sacrement de l'Extrême-Onction. On vit la figure de Donalda changer subitement. Le visage pâlissait et il devint bientôt pur et blanc comme un lis. Les yeux brillaient toujours. Donalda était arrivée à cette heure où l'éternité gagne sur la vie humaine son premier combat. La vision de l'*Homme bleu qui marchait sur les eaux* pénétra l'âme de Donalda de la grâce de la confiance. On eût dit déjà que le prêtre venait de la séparer des maux d'ici-bas en l'oignant d'huile au nom du Seigneur.

Elle reposait.

Le curé se fit apporter une chaise, et s'assit près du lit, son livre de prières à la main. En face de lui, de l'autre côté, se tenait Bertine, debout. Poudrier traînait dans la chambre ses bottes éculées, lourdes, et qui avançaient avec peine, comme si elles eussent été engluées pour jamais dans la matière. Timéon Gladu, trop sensible pour assister à une pareille scène, descendit à la cuisine. Il éteignit son fanal et sortit quelques instants respirer l'air trempé de pluie froide.

Bertine regardait Donalda avec une désolation telle, que le prêtre ne put retenir une larme qui coula lentement sur le drap. Il avait connu bien des misères, et plus d'une mort l'avait impressionné, mais jamais comme celle-ci, qui faisait fondre son coeur de saint homme. Car l'abbé Raudin était un prêtre dans la force et la grandeur du mot. Un prêtre comme il en est encore dans le monde, et qui sont là pour empêcher le flambeau du Christ de s'éteindre aux souffles du matérialisme. Disciple du Maître, il secourait les âmes, il pensait aux âmes. Toujours. En sarclant son petit jardin, en soignant sa vache et son cheval, en fendant son bois, il pensait aux âmes et priait pour elles. Il prêchait la doctrine, certes, comme pas un, mais il prêchait aussi, il prêchait surtout d'exemple. Il ne parlait pas savamment du mystère de la Trinité, mais il répandait toujours à profusion sur son passage les seuls biens qu'il possédât, grandes richesses qu'on appelle pauvrement la charité et l'humilité, richesses immenses qui, seules, font les saints. Quand il savait les esprits en paix avec Dieu, il soulageait les misères du corps. Suivant les traces héroïques du curé Labelle, il secourait matériellement ses ouailles. Il partageait avec elles le pain du travail, du sacrifice et de la pauvreté. Il eût donné sa soutane pour vêtir les enfants des bois. Il eût dépouillé le Christ par amour du Christ. A toute heure du jour et de la nuit, on pouvait frapper à la porte de son presbytère. Il se levait en priant et venait répondre, avec, dans ses mains, la charité et l'humilité. Il se dépensait corps et âme, se nourrissant lui-même plus mal que le plus misérable colon. Pour porter l'esprit du Christ, la chair de la vie éternelle, il franchissait à ses frais des distances de cinq, six et dix lieues dans des chemins de malheur et d'épouvante, où parfois la charrette se brisait avec fracas; où souvent, l'hiver, le cheval se couchait de fatigue. La tempête, ni la poudrerie, ni le froid ne pouvaient l'empêcher, même la nuit, de porter, seul, le souffle du Christ et les prières consolantes de l'Extrême-Onction à un agonisant, et de demeurer auprès de lui jusqu'à son dernier soupir.

C'était ce ministre de la libéralité divine et de la pitié humaine qui se trouvait en ce moment dans la maison de misère. Il connaissait Séraphin Poudrier et son péché capital. Intérieurement, il priait pour sa conversion, la plus difficile, il le savait, qui se puisse arracher à l'étreinte pesante de la terre. Il détournait de lui son maigre visage pour revenir sans cesse vers la mourante.

Donalda paraissait être écrasée sous le poids d'une grande lassitude. Elle eut envie de cracher. Bertine lui présenta le vase. Une salive, de la couleur du jus de pruneau, se colla aux parois.

Sa respiration devint hachée, comme si elle émiettait l'air ou comme si elle poursuivait désespérément un souffle se dérobant toujours. Des sueurs couvraient la peau livide. Un moment, Donalda, d'un geste doux, passa deux fois sa main sur son visage, de haut en bas, comme si des fils d'araignée la fatiguaient beaucoup. Elle tenait ses pieds froids hors du lit, tandis que d'une main énergique elle tira sur elle les draps humides. Un soupir sembla la soulager étrangement. Mais elle paraissait obsédée. Elle voyait courir sur le mur des êtres difformes, des nains à grosses têtes, sans bras. Elle ne fit pas un geste pour les chasser. Mais que n'aurait-elle pas donné pour se voir couchée dans une autre chambre! Tout à coup, elle se dressa dans son lit, les mains devant elle.

— Repose-toi, fit Bertine en élevant ses oreillers.

— Ah! mourir, dit Donalda, d'une voix qui n'était plus humaine.

Et elle se laissa tomber.

L'abbé Raudin se mit à genoux et commença la grande prière des agonisants. Dans son cœur simple et fort il ne se rendait pas compte que les paroles terribles qu'il allait prononcer déchireraient par lambeaux l'âme de la pauvre paysanne.

— « Ayez pitié de moi, mon Dieu, récitait-il, d'une voix ferme, ayez pitié de moi selon votre grande miséricorde. Seigneur, mon Dieu, toute mon espérance est en vous, sauvez-moi. Je remets, Seigneur, mon âme entre vos mains. Je vous laisse tout le soin de mon salut. Vous êtes mon Dieu; mon sort est entre vos mains. Mon père, si ce calice peut passer sans que je le boive, que votre volonté soit faite. Il est le Seigneur; qu'Il fasse ce qui est agréable à ses yeux. Le Seigneur m'avait tout donné, le Seigneur m'a tout ôté, il n'est arrivé que ce qui lui a plu. Que le nom du Seigneur soit béni. Je désire mourir pour être avec Jésus-Christ. »

A ce moment, on entendit le bruit d'une voiture qui montait la côte et qui s'arrêta juste devant la porte. Puis, peu après, des murmures de voix chaudes dans la nuit froide.

— Tiens, fit Donalda en essayant de s'asseoir dans son lit, v'la de la visite... Oh! les belles framboises!...

Et avec ses mains elle faisait le geste de saisir des plats immenses.

Elle continuait de parler pendant que les assistants, la respiration suspendue, l'écoutaient comme si ses paroles devaient révéler l'énigme du miracle si proche:

— Comme il est beau, ce chapelet-là... Tout en or... Mon mari est ben bon... Il peut tout donner... J'ai levé trois douzaines d'œufs, à matin... Mon Séraphin me les a donnés pour m'acheter un cadeau pour Noël. Quel grand cœur!...

— Elle délire, fit l'abbé Raudin, en jetant de l'eau bénite sur elle.

— Je suis fatiguée, fatiguée, continuait Donalda, en balançant la tête. On a semé toutes nos patates. On peut aller à Saint-Jérôme, à c't'heure... Ah! le beau soleil, mais trop chaud. La Tête Rouge est tombée dans l'eau et la vache par-dessus. Ah! ah! ah!

C'est alors que le docteur Cyprien fit son entrée, suivi d'Alexis. L'horloge en bas sonnait huit heures.

— Docteur, docteur, sauvez-la, criait Bertine en se tordant les mains.

Le médecin des misères corporelles déposa son sac sur une chaise, et vint près de la malade que les deux chandelles allumées et le cierge bénit éclairaient faiblement. Il mit la main sur la tête de Donalda, tâta son pouls et se pencha pour l'ausculter. Après quoi, il s'assit près du lit, n'abandonnant pas le pouls de la mourante et fixant toujours sur elle son regard aigu et scrutateur. Donalda bleuissait doucement, ainsi que la neige sous un rayon de soleil.

— Comment ça va, ma fille, dit le docteur Cyprien, en donnant une légère tape dans la main de la malade.

— Tiens! Alexis! Ça va ben. Je me suis jamais sentie aussi forte. Je travaille, par exemple. J'ai lavé le plancher toute l'avant-midi, hier, avec une belle brosse. Tu comprends que ça me repose. Puis il m'a donné une belle robe toute en soie... On va se marier à c't'heure que je suis veuve... C'est le matin. Dépêchons-nous... avant d'aller en ville... il y a trois livres de beurre de cachées chez Alexis... Puis... j'ai bu tout le lait.

Subitement, Donalda s'agita avec violence et tenta même de se jeter hors du lit. Alexis et le docteur Cyprien la saisirent et la tinrent doucement, assise.

Elle criait:

— Lâchez-moi. Vous voulez me tuer. On

va-t-il faire le ménage dans la chambre barrée? Lâche-moi le bras, Séraphin, je veux de la mélasse... Au feu, la maison brûle... Je brûle... Et l'argent... Séraphin, où est mon argent?

Et elle se tordait, la pauvre Donalda, comme sur un lit de braise .

— Prions encore pour elle, dit le prêtre.

Aux paroles délirantes se mêlaient celles de l'Eglise, sages, poétiques, profondes, mais qui tombent pareilles à des poignées de terre sur un cercueil:

« Que je meure de la mort des justes, et que la fin de ma vie ressemble à la leur. Comme le cerf altéré soupire après les eaux, de même mon âme soupire après vous, ô mon Dieu, source de toute consolation. Venez, mon Seigneur, Jésus, venez. Je ne désire qu'une chose, Seigneur, et je la chercherai uniquement: c'est d'habiter dans votre maison céleste pendant tous les jours de l'éternité. O Seigneur, recevez votre fille dans votre maison. Vous me comblerez de joie par la vue de votre visage et par la vue de votre maison. Hélas! Seigneur, que mon exil est long! »

Donalda parut un moment tranquillisée, pencha la tête. D'un air béat, elle semblait écouter des voix lointaines. L'abbé Raudin récitait toujours:

« Venez, Seigneur, et ne tardez pas. Je n'ai point peur de mourir, parce que j'ai un bon maître. O mon Jésus, que je sois à jamais crucifiée avec vous. O mon Jésus, toutes mes espérances sont dans vos mérites, dans vos tourments, et dans la mort que vous avez endurée pour moi. O mon Jésus, j'accepte le calice que vous me présentez et je le reçois de votre main pour vous témoigner mon amour et ma soumission. O yeux divins que la mort a fermés, regardez-moi. Mains bénites, percées de clous, défendez-moi. Précieux côté de Jésus, recevez-moi. Bras étendus par l'amour de mon Sauveur, embrassez-moi. Pieds adorables, blessés pour me chercher, emportez-moi. Père éternel, regardez ce cher Fils, dont les plaies vous parlent pour moi, écoutez-le et sauvez-moi. Sainte Marie, mère de Dieu, priez pour moi à cette heure de ma mort. Sainte Marie, mère de Dieu, protégez votre petite fille contre l'ennemi dans ces ténèbres. Ma sainte patronne, protégez-moi. Divin Jésus fait chair, qui, pour notre salut, avez daigné naître dans une étable, passer votre vie dans la pauvreté, dans les angoisses et dans la misère, et mourir par le supplice de la croix, dites à votre Père céleste, je vous en conjure au moment de ma mort: *Mon Père pardonnez-lui;* dites à mon âme: *Aujourd'hui tu seras avec moi en paradis. Mon Dieu ne m'abandonnez pas à cette heure. J'ai soif!* »

Tout à coup, l'agonisante fit un dernier et suprême effort. Son corps, qui semblait rapetisser, était rempli de soubresauts et de tremblements. Elle cria:

— J'ai soif! Je brûle... Des messes... toutes les messes. On m'a tuée . . . M'man! M'man! Ah! quel beau soleil!

Et elle rejeta sa tête en arrière pour la ramener presque aussitôt.

De sa bouche sortait encore un souffle faible, d'infiniment loin. Des sueurs couvraient son front et les lèvres bleuissaient à vue d'œil, en s'amincissant. Le docteur Cyprien tenait toujours le pouls sans détacher son regard de cette pauvre fille qui s'en allait pareille à une brise venant s'éteindre aux bords d'un lac tranquille. Poudrier au pied du lit, les mains derrière le dos, et sans qu'aucun trait de sa figure bougeât, regardait mourir celle qu'il n'avait jamais aimée d'amour et qu'il n'avait jamais connue. Bertine, à genoux, et le visage dans ses mains, sanglotait désespérément, alors que son père, dont les épaules sautaient, à lui aussi, demeurait penché sur la nuit et sur la mort, la tête dans la lucarne.

Le prêtre dit encore:

« Oui, mon âme a soif de vous. Ma vie se passe comme une ombre. Je remets mon esprit entre vos mains pour toute l'éternité. Jésus, mon Sauveur, daignez recevoir mon âme. Ainsi-soit-il. »

Et se levant, il jeta de l'eau bénite sur Donalda qui ouvrit la bouche dans un large bâillement. Sa belle tête tomba pour la dernière fois.

On vit le docteur Cyprien lâcher le pouls de Donalda, puis se lever, pour dire d'un ton calme:

— Elle vient de passer!

L'horloge sonnait neuf heures. Bertine s'arrêta pour en compter les coups.

VIII

Séraphin passa deux fois la main sur le front de la morte. Il ne fut pas étonné de le sentir déjà froid.

— Pauvre vieille, dit-il, t'as ben souffert depuis quelques jours. Tu souffriras pus jamais, à c't'heure.

Et se tournant vers Bertine et le curé Raudin, il dit encore:

— Elle a pas été longtemps malade. C'est ben étrange. Que voulez-vous, quand le bon Yeu a décidé une affaire, ça peut pas retarder ben longtemps.

— Du courage, monsieur Poudrier, fit le prêtre, en lui mettant la main sur l'épaule.

Séraphin baissa la tête et gagna l'escalier, où le suivirent le docteur et le curé, pendant que Bertine et Alexis, restés en haut, fermèrent les yeux de la morte en mettant un sou dans chaque orbite; puis ils croisèrent et fixèrent un mouchoir au-dessous du menton, attaché sur le dessus de la tête avec des épingles, afin que, une fois ensevelie, Donalda eût la bouche hermétiquement fermée, ce qui lui ferait une belle figure.

— Ecoute, son pére, dit Bertine, tu vas aller chercher m'man pour qu'elle vienne m'aider à l'ensevelir. Dis-lui donc qu'elle apporte une robe noire, parce que j'en vois pas icit'.

— C'est correct, fit Alexis qui avait les yeux rouges et qui marchait comme un homme ivre.

Une fois dans la cuisine, il dit à son cousin:

— Je crois ben qu'on va l'ensevelir dans le salon?

— C'est entendu, Alexis. Elle aimait tant ça, la défunte, se reposer dans le salon, que je peux pas y refuser ça, à c't'heure qu'elle est morte.

Alexis prit son chapeau et sortit. On l'entendit qui criait: « Cendrée! », et tout de suite le bruit de la voiture qui faisait sauter les cailloux, et qui filait à grande allure dans le rang Croche.

Comme le prêtre se préparait à s'en aller, accompagné du jeune Gladu, Séraphin le suivit dehors.

— Ecoutez donc, monsieur le curé. Je pense que Donalda était de l'Union de prières. Ça me donne droit à un service de huit piastres, si je me trompe pas?

— En effet, répondit le curé Raudin, votre épouse était de l'Union de prières. Je lui chanterai un beau service.

— Vous comprenez, je suis pas riche, dit-il.

— Je comprends, monsieur Poudrier. Quand voulez-vous la faire enterrer?

— Ben, le plus vite possible, par rapport à la senteur. C'est aujourd'hui samedi. Mettons lundi, pour huit heures.

— J'annoncerai les funérailles demain, et je voudrais dire un mot de votre épouse qui fut une sainte, vous savez, monsieur Poudrier, et qui priera pour vous. Comment s'appelait-elle, et quel est son âge?

— Elle aurait eu vingt et un ans et deux mois aux alentours du dix décembre qui s'en vient. Son nom, c'est Marie-Donalda Laloge, fille unique de François-Xavier Laloge, colon. Vous l'avez ben connu, vous?

— Ah! oui, le père François. Un brave homme. C'est bien triste, ajouta le curé, vous n'avez pas été longtemps ensemble?

— Juste un an et une journée. On n'a pas été longtemps ensemble, mais on a été ben heureux. C'est un gros morceau que je perds là, monsieur le curé. J'en trouverai pas une pareille de sitôt.

— Prenez courage, monsieur Poudrier. Et puis, ce que Dieu fait...

— Est ben faite, termina Séraphin avec un air de supériorité.

Et il entra en se frottant les mains.

— Savez-vous, docteur, qu'il fait pas chaud pantoute, à soir?

Le docteur Cyprien, qui fumait la pipe, les deux pieds sur la bavette[1] du poêle, répondit sans se retourner:

— Non, monsieur Poudrier, ç'a pas l'air qu'il fait chaud. C'est un vilain temps pour les inflammations de poumons.

Séraphin vint s'asseoir près de lui.

---

1. Tablette devant le foyer.

La chandelle éclairait le visage sec du paysan.

— Ecoutez donc, docteur, de quoi c'est qu'elle est morte, ma femme?

— D'une fluxion de poitrine. Si j'étais venu il y a deux jours, moi ou mon confrère, le docteur Dupras, votre femme avait bien des chances de survivre, monsieur Poudrier.

Séraphin pencha la tête. Après un moment, il dit encore:

— Combien c'est, docteur, pour être venu icit'?

— Rien du tout, monsieur Poudrier. Votre cousin m'a réglé ça.

— C'est correct, je m'arrangerai avec Alexis.

Le docteur se baissa, et, à la lueur rouge qui sortait de la petite porte du poêle, il consulta sa montre.

— Déjà dix heures, dit-il. Votre cousin doit être à la veille d'arriver?

— Il a pas l'habitude de retarder. Il promet, pis il quient. Seulement, si vous voulez coucher icit', docteur, sans gêne aucune.

— Je vous remercie, monsieur Poudrier.

Il faut absolument que je m'en aille ce soir. J'ai un accouchement à faire demain matin, plus loin que le lac Manitou.

— Vous connaissez votre affaire ben mieux que moi.

Séraphin paraissait être plongé, maintenant, dans une grande inquiétude. A la fin, il ouvrit la bouche:

— Ecoutez donc, ça vous ferait-il quelque chose de me remettre les quarante piastres que je vous ai prêtées? J'ai le billet icit'. Il est passé dû.

— En effet, répondit le docteur un peu décontenancé. Je me souviens. Je crois que c'était dû hier. Mais je n'ai pas sur moi ce montant. Si vous voulez attendre deux ou trois jours je vous l'enverrai par la malle.

— Ça ferait ben mon affaire, parce que vous comprenez que cette mort-là me coûte cher, et les temps sont durs.

— Comptez sur moi, monsieur Poudrier.

On entendit tout à coup le bruit d'une voiture devant la maison. Peu après, Alexis entrait, suivi de sa femme, corpulente personne soufflant très fort, et qui possédait le plus grand cœur du monde. Elle portait sous son bras droit une large boîte de carton, et dans sa main gauche, un fanal allumé. De son côté, Alexis déposait sur le bahut un sac énorme, en disant:

— Tiens, Séraphin, tu vas trouver là-dedans une épaule de cochon, une fesse de veau, des patates, du beurre, de la graisse, du thé, pis du pain. Tu comprends, il peut nous venir du monde.

— T'es ben blode[1], dit simplement Poudrier.

— Greyez-vous, docteur, reprit Alexis, il est tard. J'ai douze lieues à faire. Et mon Prince est moins vite que ma petite Cendrée.

Puis s'adressant à son cousin:

— Je m'en vas acheter le cercueil chez le forgeron, à Sainte-Agathe?

Séraphin, qui pour pour une fois attisait le feu, se retourna et fit signe à Alexis de venir près de la fenêtre, au fond de la cuisine.

— L'affaire du cercueil, c'est pas nécessaire, Alexis. J'en ai un, un cercueil.

— T'as un cercueil icit'?

---

1. De l'anglais *blood*, généreux, complaisant.

— Oui, j'en ai un. Tu te rappelles pas quand ta sœur Flora est tombée malade, il y a dix ans? Je voulais te faire une surprise. J'avais fait une belle tombe[1] en beau sapin doux, pis comme Flora est pas morte, j'ai gardé le cercueil. Il est dans la remise. Je suis sûr qu'il a pas mouillé dessus, par rapport que je l'ai recouvert de poches[2] pis de paille. Il est ben beau.

— T'es fort en baptême! dit Alexis, en se grattant la tête.

— J'ai toujours aimé à prendre mes précautions.

— Oui, tes précautions, je comprends, mais c'est-il assez grand pour ta défunte, ces précautions-là?

— Je le pense ben.

— C'est correct, acquiesça Alexis, comme il sortait avec le docteur.

Et la tête dans la porte, il cria:

— Je serai icit' demain matin, à neuf heures. Vous n'avez pas besoin de moi pour l'ensevelir?

— Inquiète-toi pas de rien, répondit Sé-

---

1. Cercueil.
2. Sacs.

raphin qui les reconduisit jusqu'à la voiture.

La nuit était froide et noire. Au loin, la plainte d'un hibou se fit entendre, en même temps que le roulement du boghei d'Alexis.

Poudrier, comme d'habitude à cette heure-là, se rendit à l'étable soigner les animaux. La noirceur était si pleine qu'il ne voyait pas ses mains. Tout à coup, sa femme lui apparut dans la porte qui communiquait avec l'écurie. Elle était vêtue de blanc et tenait un chapeau de paille rempli de fraises.

— Elle a peut-être besoin de prières, pensa-t-il.

Et il fit un grand signe de croix.

Il se rendit ensuite dans la remise, où il chercha longtemps deux chevalets et des planches. En se baissant pour saisir un madrier, il toucha de la main le cercueil. Il recula. Pour la première fois de sa vie, il se rendit compte qu'il avait eu peur.

— Mais les morts sont morts, se dit-il.

Déplaçant les ténèbres comme il pouvait, il finit par trouver deux chevalets et cinq planches qu'il porta tout de suite dans le haut côté de la maison. Là, il fit un petit feu, car le froid courait sur le plancher et le long des murs.

Dans le halo d'un fanal, Séraphin fabriqua une table sur laquelle serait ensevelie Donalda. Il monta ensuite à l'étage supérieur, le cœur caressé par sa passion. Les trois sacs d'avoine et la bourse se trouvaient toujours là. Excité par d'autres soucis et fou de volupté, il demeura dans la chambre secrète plus longtemps qu'il ne l'aurait voulu. Tout à coup, la voix de Bertine le ramena à l'amère réalité:

— Où êtes-vous, cousin?

— Je descends, Bertine. J'étais venu fermer un châssis qui claquait.

— Donalda est habillée. Vous allez la veiller pendant que nous arrangerons la chambre mortuaire, ajouta Bertine.

— C'est correct.

Et il monta au grenier tandis que la femme d'Alexis en descendait.

Dans sa robe noire, les mains croisées, tenant le crucifix, Donalda reposait maintenant sur le lit où elle avait tant souffert. Son visage était beau comme un lis dans sa première aube. Séraphin la trouva vraiment belle. Il s'en approcha avec des gestes doux et l'embrassa sur le front. L'air qu'il déplaça fit monter et descendre la flamme de la chandelle. Il trempa le rameau dans l'eau bénite et il en aspergea la morte. Une goutte, tombée sur une paupière, descendit sur la joue et coula pareille à une larme.

Poudrier se mit à genoux et récita un *Pater* et un *Ave*. Ensuite, il marcha lentement dans ce grenier de misère mais à chaque pas les poutres se plaignaient. Il s'arrêta près de la lucarne et, de là, regarda la morte. Il eût dit qu'elle voulait parler; il eût cru qu'elle se lèverait et viendrait vers lui.

— Pauvre Donalda, pensa-t-il encore. Une si bonne femme, mais qui aurait fini par me coûter cher. Elle était extravagante, les derniers temps. C'est triste de voir qu'elle respire pus, mais ce que Dieu fait est ben faite.

Soudain, il entendit les pas de Bertine et de sa mère qui montaient l'escalier. Il revint près du lit.

— Tout est prêt, cousin, fit Bertine. A

c't'heure, on va dire un chapelet avant de la descendre.

— « Je crois en Dieu, le Père tout puissant... » commença la femme d'Alexis. Puis Bertine et Séraphin répondirent, mais pas ensemble, parce que Bertine pleurait toujours.

Lorsque le chapelet fut récité, on se prépara à descendre Donalda. Il fut convenu qu'on passerait les pieds les premiers, sous lesquels on avait mis un drap roulé que tiendraient de chaque côté Bertine et sa mère, alors que Séraphin la soulèverait par les épaules.

Il avait levé bien des poids, des pierres très lourdes au cours de sa vie (et il était très fort) et, cette fois-ci, le fardeau lui parut bien léger. Avec de grandes précautions, on dégagea la morte de son lit. Puis, on gagna l'escalier, les deux femmes en avant.

— Tranquillement, disait Bertine.

— Tranquillement, répétait Séraphin.

Au bout de quelques minutes, on la déposa sur les planches qu'on avait eu soin de recouvrir d'un drap blanc, immaculé. On plaça aussi deux oreillers blancs sous la tête.

Poudrier trouva que le salon était bien décoré, les murs tout en blanc à la tête de sa « pauvre défunte » et, dans les côtés, du blanc encore que tranchaient, ici et là, des bandes de batiste noire. Les meubles étaient couverts aussi. On avait descendu la petite table qu'on plaça à droite de Donalda, et sur laquelle se trouvaient un cierge bénit et une soucoupe avec un rameau.

Sans parler, les trois personnes regardèrent la morte quelques instants. Puis, on passa dans la cuisine, en laissant ouverte la porte du haut côté.

— Ça serait peut-être mieux de faire encore du feu, demanda la femme d'Alexis?

— Pas trop, pas trop, reprit Séraphin. La chaleur fera sentir le corps assez vite.

— C'est vrai, dirent ensemble Bertine et sa mère, en échangeant un regard.

L'homme qui, sans répit, portait le péché, se trouva beaucoup de génie: il venait de sauver une autre brassée de rondins.

— Je me sens un peu fatigué, dit-il, je vais aller me reposer en haut.

— C'est ça, cousin, fit Bertine. Nous allons veiller, nous autres. Demain, ce sera votre tour.

Séraphin eut presque envie de se coucher dans le lit conjugal, à la place même, encore tiède, que le corps de Donalda avait creusée. Après réflexion, il trouva que ce ne serait pas convenable, et il s'étendit sur le sofa. Il mit peu de temps à s'endormir et ronfla sans arrêt jusqu'au matin.

Toute la nuit, Bertine et sa mère s'entretinrent de Donalda et des mille souffrances qu'elle avait endurées avec ce pingre de Séraphin, avec cet homme dégoûtant que sa passion pousserait un jour jusqu'au meurtre prémédité pour sauver trente sous. Comme elle avait dû souffrir! Mais comme elle devait se sentir légère maintenant, bien chanceuse encore d'avoir vécu rien qu'un an avec lui. Et ces pensées leur étaient un prétexte pour aller la voir, ensevelie dans la seule belle robe qu'elle eût portée, et reposant dans ce salon où elle avait obtenu si rarement la permission de venir.

— On croirait qu'elle dort, dit Bertine, la bouche tordue.

— Elle est morte comme une sainte, répondit la femme d'Alexis qui pleurait.

On récita encore un chapelet, Bertine à genoux, et sa mère dans une chaise berceuse, car elle était trop corpulente pour se plier.

La nuit se passa ainsi en oraisons, auprès de la morte, ou dans la cuisine, à causer. Bertine s'occupa de faire cuire l'épaule de cochon et d'en tirer deux grands bols de graisse de rôti qu'on servirait avec du pain et du thé.

Elle sortit pour serrer dans la dépense le rôti et la graisse. Elle vit une ligne pâle qui s'étendait à l'horizon. Le froid venait par là, sec et tassant l'espace. On ne pouvait pas l'éviter.

— C'est ben l'hiver, sa mére, dit Bertine en rentrant.

Elle mit encore du bois dans le poêle, alluma un fanal, prit la chaudière au-dessus de la pompe et s'en alla traire les vaches. On compta à son retour quatre terrines de lait.

L'aurore, d'un ton mat et sans nuance, passa inaperçue. Un peu plus tard, le soleil, brouillé, se levait, appuyé sur les montagnes grises. Il ne ventait pas, et l'air se faisait plus pénétrant, plus dur.

L'horloge sonna un coup. Il était six heures et demie.

On mit la table pour déjeuner, encore que les deux femmes eussent mangé plusieurs fois au cours de la nuit, surtout la mère de Bertine, incapable de veiller longtemps sans prendre quelque chose, à cause de sa taille exceptionnelle. Elle prenait soin de ne pas maigrir, l'Arthémise à Alexis, d'autant plus qu'Alexis n'aimait pas ça fluet. Elle se faisait donc un cas de conscience de manger quatre ou cinq fois par jour. Depuis dix ans que durait ce régime, elle ne s'en trouvait pas plus mal, la respectable paysanne.

Bertine alla donc chercher le rôti de porc frais, trancha encore une fois du pain, plaça le beurre et la théière bien en vue sur la table, avec du lait aussi. On mangea, pendant que le jour blafard pénétrait dans la maison et se figeait sur le tapis ciré.

— Des journées tristes de même, ça faisait mourir Donalda, dit Bertine.

— Oui, tu as raison, répondit sa mère, qui

se leva encore une fois et se rendit voir la morte, en soupirant et en se mouchant. Bertine l'accompagna. On récita d'une voix ferme le huitième chapelet.

A peine avait-on fini, qu'on vit Alexis entrer dans la cour avec son cheval qui fumait comme une cheminée.

— Je te dis, Bertine, que ton père s'est pas amusé à Sainte-Agathe. S'il peut pas avoir pris un coup de trop, au moins...

Et la grosse Arthémise s'arrêta au milieu de la cuisine, regardant par la fenêtre. De sa main droite elle jouait avec une petite croix de verre noir qu'elle portait au cou, au bout d'une chaînette, et qui tombait sur sa poitrine toujours en mouvement.

Presque tout de suite, on vit entrer Alexis, le visage rouge, le cou rouge, les mains rouges et soufflant très fort. Il laissa tomber deux phrases:

— Maudit que j'ai faim ! Vous avez pas mis de crêpe à la porte ?

— C'est pourtant vrai. On a oublié ça, dit sa femme.

Et elle se mit en frais de confectionner un crêpe.

Bertine regardait son père. Une autre aurait été effrayée de lui voir avaler autant de viande, de pommes de terre, de beurre, de graisse de rôti, de pain et de thé. Il mangeait vite.

— Je suppose que Séraphin dort, dit-il en se levant.

— Ecoute-le ronfler, fit Arthémise.

On entendit quelque chose comme le soufflet d'une forge grossissant le feu.

— Ce maudit-là, reprit Alexis, quand il compte pas ses piastres, il dort. Pis, sa femme qui est morte ! Je le comprends pus pantoute. En tout cas, vous allez le réveiller, et vous allez vous coucher, vous autres. Vous devez être rendues au bout.

Et il entra dans le haut côté voir Donalda sur les planches. Elle commençait à changer. Sa figure passait du blanc au bleu, les lèvres surtout, semblables maintenant à du raisin qui aurait gelé.

— Elle est toujours belle, quand même, dit Alexis. Pauvre Donalda, tu te reposes, hein ?

Il regarda autour de lui. Il trouva que c'était bien arrangé. Il se pencha ensuite pour baiser la morte au front. Il jeta de l'eau bénite sur elle et revint dans la cuisine.

Séraphin se rasait près de la pompe. Il portait un pantalon noir, des chaussures propres et une chemise blanche, empesée.

— Les chemins sont pas trop mauvais, dans ce bout-là, Alexis ?

— Ça ben été. Tu sais que, pour une longue route, mon Prince est aussi bon que ma Cendrée ?

— Je te crois ben.

Sa barbe faite, Poudrier sortit nu-tête et en bras de chemise. Il allait soigner ses animaux.

Le vent s'était élevé, et le crêpe battait à la porte.

Bientôt, un homme trapu, aux cheveux roux, se présenta. Il paraissait timide et ne savait que faire de son chapeau.

— Vous venez pour la voir, je suppose ? dit Alexis, qui précéda le visiteur dans le haut côté.

L'homme aux cheveux roux s'approcha de la morte. Il fut effrayé de la reconnaître. Son imagination lui faisait croire, au moment même, que la mort effaçait d'un coup les traits de la figure.

— Je la connais, cette personne-là, dit-il à Alexis. Elle n'a pas changé. Pauvre femme ! C'est toujours triste, mourir. Et si jeune.

Il se mit à genoux, son chapeau à la main. Il ne priait pas. Il songeait plutôt que c'était ici, à cette même place, il y avait quelques mois à peine, que Séraphin Poudrier lui avait prêté quatre-vingts dollars, en lui faisant signer un engagement indigne d'un homme. Il se rappela ses paroles et l'acuité méchante de ses yeux. Mais il se rendit compte que le châtiment n'avait pas encore été assez sévère, puisque lui, Lemont, rongé par la luxure, était retombé dans son vice, et qu'après avoir payé pour la petite Célina, il était pris dans une autre saleté avec une idiote, la fille au père Mathias. Ces pensées, et l'atmosphère qui régnait dans cette pièce sombre, et la senteur qui commençait à se dégager du corps, l'invitèrent à s'en aller.

Il jeta de l'eau bénite sur Donalda. Avant de sortir, il demanda à Alexis:

— M. Poudrier est ici, je suppose?

— Il sort justement de l'écurie, là, monsieur.

L'homme aux cheveux roux s'avança vers l'ennemi et lui tendit la main:

— Je vous offre toutes mes condoléances, monsieur Poudrier. C'est un grand malheur pour vous.

— Ah ! monsieur Lemont ? Je vous remercie. Mais que voulez-vous ? Ce que le bon Yeu fait est ben faite.

Après un moment, M. Lemont dit encore:

— Ecoutez donc, monsieur Poudrier. Si je vous remettais vos cent piastres, là, tout de suite, est-ce que je pourrais ramener mes deux jerseys ?

Séraphin, sans songer qu'il portait des chaussures propres, malaxait la terre froide et crevassée, en même temps qu'il promenait sur sa longue figure, de haut en bas, une main sale qui sentait le fumier. Puis, presque en colère, il s'écria:

— Pour qui me prenez-vous, monsieur ? Vous avez signé un billet, pis un engagement. Ça aurait dû être réglé le 17 octobre, cette affaire-là. Il est trop tard, à c't'heure. On joue pas avec moi, vous saurez monsieur.

— Je comprends, monsieur Poudrier, mais ma femme a été malade, elle aussi, cet automne. Ça m'a coûté cher.

— La mienne est morte. C'est ben pire.

— Je comprends, monsieur Poudrier, mais je vais vous payer tout de suite cent piastres. D'ailleurs mes vaches valent pas ça. C'est à peine si elles valent soixante-dix piastres. Vous êtes perdant. Mais c'est ma femme qui a de la peine de les voir parties et qui aimerait à les ravoir.

— Mais pensez-vous, monsieur Lemont, que je suis si attaché que ça à l'argent, reprit d'un ton calme Séraphin ? Seulement, un engagement, c'est un engagement. Vous le tenez pas, vous manquez à votre parole. Rien à faire. Je garde les vaches, me comprenez-vous? Je garde les vaches.

L'homme aux cheveux roux eut envie d'égorger ce chien. L'image de la morte le retint.

— C'est correct, dit-il. Vous voulez garder mes vaches. Mais j'ai rien qu'à vous dire qu'il va vous arriver malheur. Me comprenez-vous, là, à votre tour, me comprenez-vous ? Je vous dis que vous finirez mal.

Et il lui montrait le poing en se dirigeant vers la barrière qui fermait l'entrée de la cour.

— Ah ! ah ! ah ! Faites-moi pas rire à matin, répondit Poudrier avant d'entrer. Personne dans la maison n'avait eu connaissance de cette scène. Et c'était loin de paraître sur la figure de pierre à Séraphin.

Alexis, qui avait trouvé de vieilles cartes, faisait maintenant son jeu de patience, en fumant un cigare. Son cousin, intéressé, mais sans dire un mot, le regardait déplacer les morceaux de carton.

Vers les neuf heures, les voitures commencèrent de descendre la côte, se dirigeant vers l'église du village. Cinq habitants passaient dans le rang Croche, et trois dans le rang Droit. Tous, ils arrêtèrent pour voir la morte, et tous ils promirent de venir veiller le corps, le soir même.

Séraphin Poudrier fut gonflé un peu de tant de sympathie. Dans son orgueil, il ne se rendait pas compte que c'était pour Donalda. Il se savait méchant et cruel, mais il était loin de penser que tout le monde le détestait souverainement, que plusieurs même lui vouaient une haine mortelle.

Il s'empressait autour des visiteurs et causait avec eux auprès de la morte. Il les reconduisait ensuite avec une politesse qu'on ne lui connaissait pas dans les marchés. Toute la relevée, il vint beaucoup de monde, de partout, jusque de Sainte-Agathe. On avait bien connu Donalda Laloge, une pauvre fille de colon, mais si avenante, si bonne travailleuse, excellente danseuse aussi, que les jeunes gens faisaient tourner en des rythmes vertigineux. Elle avait laissé partout le meilleur souvenir. Aujourd'hui qu'elle reposait, face au ciel, dans les draps de la mort, on venait lui porter une prière. le coeur chargé de peine.

Un seul être au monde n'avait pas aimé et pas compris Donalda: son mari. Maintenant qu'elle ne respirait plus, commençait-il de saisir la lumière plus basse qui sortait du tombeau ? Il montra peut-être un léger chagrin, mais il ne se laissa point attendrir.

Pendant qu'Alexis, sa fille et sa femme (celles-ci étaient maintenant descendues, après avoir dormi un bon somme) allaient dans la maison, du poêle à la morte, récitant des chapelets ou faisant la cuisine, Séraphin, assis près de la table, pensait à demain, à l'argent qu'il économiserait, aux profits qu'il réaliserait, à tous les marchés possibles et imaginables. Il en jouissait intérieurement. Sa passion, plus éloquente qu'un ciel étoilé, plus prenante que l'espace, remplissait son coeur, bouchait toutes les issues, et il ne restait pas un coin pour l'image de Donalda.

Il se laissait descendre, les yeux presque fermés, dans cet abîme d'or, lorsqu'il entendit Alexis qui disait:

— Je m'en vas aller dormir un petit somme pour être frais pour la nuit.

— C'est correct, fit Bertine, tu pourras te coucher dans le grand lit. (Par respect pour la morte, elle ne dit pas: le lit de Donalda.) On l'a tout changé en neuf.

Elle suivit même son père au grenier, pour bien lui faire voir qu'elle avait déplacé le lit, croyant de la sorte éloigner le souvenir de la femme qui reposait sur les planches, en bas.

Alexis s'étendit de tout son long, sur le dos.

— Veux-tu que je vienne t'abrier, demanda Bertine ?

— Non, non, je m'en vas dormir correct, de même.

Et il croisa les mains sur sa robuste poitrine. Il se laissa emporter par la brume chantante et molle du sommeil. Il avait bu la moitié d'un flacon de gin à Sainte-Agathe et deux grands verres de cognac. L'ivresse le pénétrait maintenant, ainsi qu'un air parfumé, musical. Plus léger qu'un nuage, il flottait dans l'espace sur un printemps sans fin, au-dessus de la campagne en fleurs avec Donalda à ses côtés, nu-tête, qui présentait sa bouche de fraise au miel du soleil. Subitement, le rêve disparut, fumée que le vent dissipe, et Alexis dormit profondément, sans remuer, jusqu'à huit heures du soir.

Il fut surpris en s'éveillant de se trouver dans la chambre de Donalda. Mais comme il était fort et qu'il n'avait pas trop bu d'alcool, il se rappela la scène de l'agonie et les deux voyages à Sainte-Agathe qui l'avaient amené ici. Il descendit rapidement l'escalier et vint se laver à même la pompe.

Il y avait beaucoup de monde dans la cuisine et dans le salon. Et, comme la plupart avaient apporté un fanal, les deux pièces se trouvaient pas mal éclairées.

A la conversation des hommes, s'accrochaient les prières que récitaient les femmes, dans le haut côté. La table de la cuisine était toujours couverte de plats dans lesquels se figeaient de la viande, de la graisse, de la sauce, des œufs au miroir; et aussi de pots contenant confitures, sirop d'érable, mélasse, crème et lait. Du pain tranché, en piles, aux quatre coins de la table, et du beurre en abondance, au milieu. Quiconque voulait manger n'avait qu'à tendre le bras.

Alexis jugea que les choses étaient bien faites, en souvenir de Donalda, tandis que Poudrier considérait cette mangeaille comme une dépense exagérée, absolument inutile. C'est vrai que ça ne lui coûte pas cher (peut-être le lait, la crème et les œufs); mais quelle somme d'argent gisait là, en pure perte, sur la table ! Et il souffrit cruellement dans son cœur.

Ni les prières ni les entretiens ne languissaient. On parlait même tous ensemble, soit des récoltes, soit de l'hiver qui était venu si vite, soit du chevreuil qu'avait tué le garçon du père Thibault. On parla des taxes, des élections et de la petite putain Célina Labranche. Dans un coin, à voix basse, Charlemagne Pinette et le gros Tison faisaient des calculs sur la fortune de Poudrier. Alexis racontait ses prouesses et ses batailles de l'époque où il dravait[1] sur la rivière aux Lièvres. On l'écoutait avec plaisir, car il n'était point menteur, et son récit avait toujours quelque chose d'enlevant qui captivait les auditeurs. On aimait, du reste, ce bon vivant, grand cœur, bon homme, et si honnête. Tout à coup, Alexis déposa son cigare sur la corniche du poêle, et il appela Séraphin dehors.

— Tu comprends, dit-il, j'ai emporté un peu de whisky blanc de Sainte-Agathe. Tu vas venir avec moé dans la remise pour le réduire. Va chercher un fanal, pis emporte un grand gobelet d'eau.

On versa dans une cruche la moitié d'une

---

1. Faisait le flottage à billes ou bûches perdues.

autre cruche qui contenait l'alcool, et on la remplit aux trois quarts d'eau. Alexis l'agita au bout de ses bras quelques instants, et, enlevant le bouchon, la présenta à son cousin.

— Goûtes-y, dit-il, pour voir s'il est assez fort.

— Tu sais ben que je bois pas, Alexis.

— Envoye, envoye ! ça va te faire du bien. T'as le cœur arrêté par rapport à Donalda, ça va te remettre comme un homme.

Alors, dans le rond de lumière jaune que traçait le fanal, Séraphin goûta à l'eau-de-vie.

— Viande à chiens ! qu'il est fort, cracha-t-il. Et il tendit la cruche à Alexis, qui ne se fit pas prier pour boire à même, d'un seul coup, la valeur de deux grands verres.

— A c't'heure, dit-il, tu vas faire les honneurs à la maisonnée. Tu vas faire une tournée à toutes les heures. Il y en a pour tout le monde. Tu vois, il en reste encore une demi-cruche, à part de celle-là, icit'.

— C'est correct, fit Poudrier, qui se préparait à sortir de la remise.

Alexis le retint par le bras et ils causèrent longtemps à voix basse.

Dans la maison, on priait toujours, on parlait toujours, on mangeait toujours, et on étouffait les fous rires le mieux qu'on pouvait. En tout cas, on ne s'ennuyait pas. Ce fut même très encourageant, et l'on trouva la vie belle, lorsqu'on aperçut Séraphin Poudrier, une cruche à la main. Il versa à boire à tout le monde dans une tasse. Un air de fête et de santé se peignait sur tous les visages. On avait du courage plein la bouche et plein les genoux. Aussi les chapelets se succédaient-ils, avec une régularité, une rapidité et une ferveur extraordinaires. Personne n'avait souvenance d'une plus belle « veillée-au-corps ».

Un homme, cependant, dans cette maison, se tourmentait l'âme; c'était le cousin Alexis. On pouvait le voir, les yeux rouges, les lèvres serrées, et voyageant sans cesse de la morte à la remise. Il avait bu pour sa part, presque la moitié de la cruche, et il n'était pas ivre. Il ne branlait même pas.

Sa grande peine le tenait debout dans l'axe des convenances et de la dignité.

Personne ne se doutait de rien, mais on trouvait tout de même étrange de le voir sortir si souvent. Seule, la grosse Arthémise, qui connaissait son homme comme son *Pater,* savait ce qui en était, mais comme « ça paraissait pas », elle le laissa faire.

La dernière fois qu'il entra dans la maison, vers les cinq heures du matin, l'assistance laissa échapper un formidable « Ah! ben, maudit ! » en le voyant tout couvert de neige.

— Ça tombe à plein temps, dit-il.

Quelques-uns se précipitèrent aux fenêtres; d'autres sortirent sur le perron.

La neige tombait lourde comme de la pâte que faisait tournoyer une bise soufflant du nord. Les bâtiments en étaient déjà couverts, et les chemins s'allongeaient sous la blancheur silencieuse.

Comme l'heure du départ approchait, Bertine et sa mère choisirent quatre porteurs, et il fut décidé qu'on partirait de la maison, avec le corps, vers les six heures et demie. Ce ne serait pas trop tôt, Séraphin demeurant à trois milles et demi du village, d'autant que le cortège funèbre défilerait au pas.

On alla chercher le cercueil dans la remise. Alexis le trouva convenable, bien peinturé, avec quatre belles poignées qui brillaient.

— Comme de l'argent, fit remarquer Séraphin.

Quand ils revinrent à la maison, ils eurent beaucoup de difficulté à se frayer un chemin. Il y avait beaucoup de monde, soit à genoux, soit debout. Mais, presque au même moment, plusieurs hommes sortirent atteler les chevaux, tandis que les femmes mettaient leurs chapeaux et leurs manteaux. Pas une seule ne regretta de s'être habillée chaudement. Il neigeait toujours.

Séraphin et Alexis déposèrent le cercueil à terre, près de la morte. Des jeunes hommes les aidèrent à coucher dedans la *femme* à Poudrier. La tombe était un peu petite. Séraphin plia le corps en élevant la tête et les genoux. On déposa ensuite le cercueil sur les planches. Et comme on se préparait à mettre le couvercle, Bertine accourut en pleurant, une paire de ciseaux à la main. Sur le front de sa chère cousine, elle jeta une dernière fois ses lèvres fiévreuses, qui laissèrent une petite cernure. Elle coupa ensuite une mèche de cheveux, plus noirs et plus lourds que jamais, semblait-il. Alexis se pencha à son tour, comme s'il eût voulu lui parler une dernière fois. Il se releva, suffoqué de douleur. Arthémise vint, elle aussi, l'embrasser. Restait Poudrier. Doucement, il la baisa au visage tandis qu'une larme, peut-être d'alcool, la seule en tout cas qu'il eût jamais versée dans sa vie, coula sur la joue de la morte, pour s'arrêter à la lèvre inférieure. On mit le crucifix sur la poitrine de Donalda. Et, au milieu des sanglots et des lamentations des assistants, on ajusta le couvercle. Comme les genoux du cadavre dépassaient un peu la bière, Séraphin pesa dessus et un craquement d'os se fit entendre.

— Il va faire correct, conclut-il.

Et il vissa lui-même le cercueil.

Les quatre porteurs déposèrent avec soin

la tombe dans l'express[1] qu'avait prêtée M. Gladu.

Poudrier, sans que personne le vît, monta aux trois sacs d'avoine chercher la bourse de cuir. Comme on ne l'apercevait pas, on s'enquit, au milieu des sanglots, de ce qu'il était devenu. Mais aussitôt il descendit. Et le cortège s'ébranla.

La voiture de Séraphin, dans laquelle se trouvaient aussi Bertine, Alexis et sa femme, suivait le cercueil. Les autres venaient derrière, à de courtes distances.

La neige cinglait de biais et le vent faisait voler la crinière des chevaux. Il faisait encore nuit. On ne distinguait rien à trente pieds devant soi. Les chemins étaient remplis de neige, et glissants sous le bandage des roues. Parfois, c'étaient des trous et des pierres qui faisaient ballotter le cercueil.

Dans la voiture de Poudrier, on ne parlait pas. Alexis, étonné de se voir à jeun après la quantité d'alcool qu'il avait bu depuis trois jours, enroulait tranquillement sa peine sur son cœur. Il n'y avait peut-être pas au

---

1. Voiture légère servant à transporter les personnes, les marchandises.

monde un homme plus heureux que Séraphin, pressant la bourse qu'il avait arrachée au sac d'avoine. Mais, croyant être le point de mire de tous les regards, il feignait d'être lacéré par la douleur. Et ces contrastes lui faisaient une figure étrange, d'une laideur indéfinissable. Il pensait:

— Une vraie chance, que ça me coûte que des oeufs et du lait pour les veilleux d'hier, cette mort-là. Pis, ma femme morte, je m'en vas pouvoir ménager tant que je voudrai. Ce qui arrive est pour le mieux. Je vais reprendre ma vie de vieux garçon. Je vais vivre seul et à mon goût. Pauvre Donalda, c'était du bon pain, mais elle menaçait de me coûter cher. Rien que pour un an que j'ai vécu avec elle, ça m'a coûté quinze piastres de plus, rien que pour elle. Ça pouvait pas marcher de même longtemps. Moi, tout seul, il n'y a pas de danger.

L'homme fut tiré de sa passion par le bruit de la cloche qui sonnait le dernier glas avant la messe, plainte déchirante et qu'on entendait de loin, malgré le vent qui sifflait toujours et malgré la neige qui tombait. Enfin on arriva.

L'église était remplie de fidèles, et les sympathies montaient avec l'encens autour de la morte. Au *Dies irae,* le cœur d'Alexis s'ouvrit comme une digue, et tout le monde l'entendit sangloter jusqu'à la fin de l'office. Séraphin, impassible, plus froid que son épouse couchée parmi les cierges, regardait fixement devant lui. Il pensait sans cesse au paradis de son prochain bonheur.

Donalda Laloge fut enterrée dans le lot des Poudrier, à l'extrémité du cimetière, où poussent des fougères que frôlent, l'été, les froides couleuvres.

Séraphin aida lui-même, au moyen du câble, à descendre dans la fosse, presque remplie de neige, cette femme qu'il ne haïssait pas mais qu'il oublierait vite. Il jeta dessus une poignée de terre qui tomba sur Donalda comme le froid symbole de tous les durs traitements qu'il lui avait fait subir.

On revint à la maison, vers midi. On mangea une dernière fois ensemble. Puis, après les remerciements et serrements de mains, Séraphin reconduisit à la porte ses chers parents, Alexis, Arthémise, et cette Bertine qu'il n'avait pu séduire et qu'il désirait comme un fou.

Il s'enferma dans sa maison, plus froide désormais qu'un tombeau. Personne ne le vit durant un mois, sauf pour le prêt à usure.

IX

L'hiver passa, pareil à l'ennui qui déroule son fil noir dans le blanc silence. Séraphin n'allait pas au village, à moins d'affaires importantes à régler chez le notaire. On ne le vit pas plus souvent à l'église; et la paroisse entière fut fort scandalisée d'apprendre, à la fin des fins, qu'il n'avait pas même eu le cœur de payer une grand'messe pour l'âme de sa défunte.

Il se souciait peu de Donalda. Il n'y pensait plus. Il l'avait déjà oubliée. Il reprit sa vie de bête solitaire. Il économisait au point de s'étonner lui-même. Il se nourrissait exclusivement de galettes de sarrasin, de patates dans de l'eau blanche et d'une soupe infecte qu'il préparait le lundi (une pleine chaudronnée à la fois) et qui devait le nourrir toute la semaine. Faite d'un gigot blanc, d'un peu de riz et d'eau, il la mangeait froide, cette soupe, pour ménager le bois. Rien de meilleur pour sa passion. Un soir qu'il calculait mentalement les sommes qu'il avait sauvées, depuis novembre, en vivant seul, il fut effrayé par ce chiffre exorbitant: douze dollars cinquante. Aussi, sa cheminée fumait-elle rarement, et jamais la lumière n'allait se perdre par les fenêtres. Pendant quelque temps, on le crut mort ou en voyage.

Il vivait, cependant. Il souffrait du froid et de la faim, mais il respirait son péché capital, le palpait, s'en soûlait; et cela le rendait plus heureux que les artistes les plus choyés. La nuit, il se couvrait par-dessus la tête de hardes, de vieux manteaux et de peaux à carrioles. C'était lourd sur son corps, et il finissait par se réchauffer et s'endormir, en rêvant aux économies considérables qu'il réalisait.

Tous les jours de cet hiver, de l'aube au crépuscule, il trima dans la forêt. Il scia et il fendit tout seul quarante cordes de bel érable, vendues d'avance deux dollars la corde au docteur Dupras.

Poudrier réfléchit que l'hiver s'était passé sans trop de malheur et sans trop de souffrance. Naturellement, si le froid, très sec, avait tenu plus longtemps, et si la neige avait comblé les chemins et les clôtures jusqu'au mois de juin, l'existence aurait été pour lui plus prospère; mais il se contenta de son sort.

— C'est pas trop dur, avait-il dit, au magasin de Lacour. Moi, j'ai pas à me plaindre.

Et il pensait à tous les billets qu'il avait accumulés à des taux variant entre huit et vingt-cinq pour cent et aux gages qui s'entassaient près des trois sacs d'avoine. Puis, suprême bonheur, Donalda ne lui arrachait plus ses pièces de vingt-cinq sous pour s'acheter des épingles à cheveux, du ruban, de la flanellette, des lacets de bottines, du coton, toutes choses, enfin, dont il se passait bien, lui, et qui sont des objets de luxe et de perdition.

Maintenant, Séraphin trouvait la vie belle. Et il ne se rappelait pas avoir coulé, dans son existence d'avare, des jours plus heureux, plus pleins de joie, plus parfaits. Car sa passion atteignait aujourd'hui à une intensité de tout instant que ne connaîtront jamais les damnés de la paresse, ni ceux de l'orgueil, ni ceux de la gourmandise, pas même les insatiables de l'épuisante luxure.

Séraphin Poudrier les dépassait tous par la perpétuelle actualité de son péché qui lui valait des jouissances telles qu'aucune chair de courtisane au monde ne pouvait les égaler. Palpations de billets de banque et de pièces métalliques qui faisaient circuler des courants de joie électrisants jusque dans la moelle de ses os: idées fixes qu'il traînait avec lui.

Les jours se succédaient de plus en plus beaux, comparables à des tableaux mobiles, que le Divin machiniste déplaçait sur la scène de la nature, pour la satisfaction des hommes. On apercevait encore, là-bas, au flanc de la montagne, des carrés de neige, disposés comme des nappes blanches pour un dîner sur l'herbe; mais, sur les coteaux et dans les prairies, les lèvres chaudes du printemps l'avaient presque toute absorbée. Et l'on devinait, et l'on éprouvait, en cette fin d'avril, le travail formidable qu'accomplissait la nature pour sortir de son tombeau.

Un matin, Séraphin Poudrier entendit

le croassement des corneilles au-dessus des bois et de la rivière. Et, comme il sortait pour s'en assurer, une grive s'échappa du pommier, devant la maison. Elle fit un trait d'or dans son coeur.

— C'est ben le printemps, dit-il. Pus de chauffage. Pus de misère.

Rien dans la nature ne pouvait émouvoir cet homme au cœur sec. Rien. Ni le vent doux qui glissait comme une main caressante le long de l'azur, ni les chutes de la rivière du Nord qui chantaient, délivrées et triomphales, au bout de sa terre.

Que la première caresse de mai se coulât vers le sol; que la violette des bois offrît sa tête délicate à la brise qui la ferait pencher un peu vers le ruisseau; que le sang-de-dragon, fleur virginale entre toutes, sortît au travers des feuilles sèches et brunes, libre de la pourriture du dernier été; que partout le vert de l'herbe répandît son espérance, qu'il fît circuler, comme un parfum de l'air, ces effluves qui poussent l'homme à la joie de vivre, Séraphin Poudrier ne sentait rien de tout cela, restait insensible au langage de Dieu. C'est plutôt par une inconsciente réaction contre les symboles de la nature que son bonheur, se concentrant de plus en plus vers son péché, en arrivait à toucher presque à la folie.

Un matin, il mit les animaux aux champs, parce que le pâturage ne lui coûtait rien.

Ce même jour, il entendit les billots qui descendaient la rivière. Quelle lutte fantastique! Il y en avait qui se dressaient droit vers le ciel pour retomber avec fracas dans l'abîme de la chute. Les autres glissaient et tournaient le long des rives. Ils passaient par centaines, par milliers. Des forêts entières coulaient ainsi, emportées par le courant vers les villes industrielles qu'elles allaient nourrir du sacrifice de leur sauvage beauté. Séraphin s'arrêta devant le perron, écouta un moment le carnage qu'on pouvait entendre de très loin.

— Il paraît que les trois gars de Mothée Cabana dravent ce printemps, songea-t-il. Il va sûrement me payer son hympothèque. C'est égal. Du douze pour cent, et ben garanti, ça faisait ben mon affaire. Mais qui sait? Faut rien qu'un petit accident... Et les docteurs, ça coûte cher...

Poudrier vivait heureux quand même, avec son péché qu'il attisait jour et nuit. Et, le printemps, n'était-ce pas l'ouverture du grand marché des billets à deux mois sans renouvellement? Il en parlait tout seul, il en rêvait, il en maigrissait, au point que maintenant il était incapable de rester dans sa maison. Il se mit à sortir souvent. Il fit d'abord une visite chez Alexis, qu'il n'avait vu que deux fois au cours de l'hiver. Alexis le trouva changé, verdâtre, vieux et cassé.

— Viens plus souvent, si tu t'ennuies tant que ça, lui avait-il dit.

Mais Séraphin ne s'ennuyait pas. Il se racornissait seulement autour de son idée fixe, ailleurs aussi bien que chez lui.

On le vit plusieurs fois au village, chez Lacour, chez le forgeron et chez le notaire. Et l'on se demandait quel pauvre diable Poudrier allait égorger. Beaucoup d'affaires réclamaient aussi l'usurier à Saint-Jérôme, à Sainte-Agathe, à Saint-Damase du Lac.

Une fois, les gens furent fort intrigués de le voir entrer à l'hôtel, tiré à quatre épingles. buvant en compagnie de deux étrangers qui riaient, qui parlaient fort et qui payaient souvent la traite[1], en donnant de grandes tapes dans le dos courbé de l'avare. Que se passait-il?

Ce fut plus étrange encore quand on les vit monter tous les trois sur le siège du boghei de Séraphin, et partir à toute vitesse dans la direction de Sainte-Agathe. Décidément, le prêteur tripotait de grosses affaires. Il allait certainement se passer quelque chose d'anormal, et plusieurs habitants affirmèrent que M. Poudrier venait de placer tout son avoir dans une mine d'or, et que les deux beaux messieurs qu'on avait vus avec lui, c'étaient, ni plus ni moins, ses deux associés dans cette entreprise qui devait rapporter des centaines de mille dollars.

Quand on interrogeait là-dessus l'hôtelier Godmer, il déclarait, avec des airs mystérieux, qu'on entendrait parler de quelque chose.

Plus que jamais, Poudrier était un personnage, un homme puissant, terrible, que les habitants du pays craignaient, détes-

1. Des consommations.

taient souverainement et finissaient par respecter. Tous les esprits rampants en vinrent à admirer l'homme et son péché.

Mais quelle ne fut pas la surprise des villageois quand, deux jours plus tard, on le vit revenir seul de Sainte-Agathe, s'arrêter de nouveau à l'hôtel et se payer un verre de cognac devant tout le monde!

L'ébahissement atteignit bientôt la stupéfaction.

Poudrier, les deux coudes sur le comptoir, tournant le dos à la maigre Rosina qui frottait les verres et qui rangeait les bouteilles sur les tablettes, parla d'une voix sentencieuse:

— Vous savez pas, vous autres, ce qui vient d'arriver à Saint-Damase du Lac? J'ai été jusqu'à Sainte-Agathe pour le savoir.

Et il but son verre.

— J'ai à vous apprendre, reprit-il, que le nommé Perdichaud, le beau Perdichaud de Saint-Damase du Lac, qui avait découvert une mine dans l'Ouest, vient de se sauver avec l'argent de tout le monde, une affaire de huit mille cinq cents dollars. Rien que ça!

Séraphin avait dû l'échapper belle: il demanda un autre verre de cognac, qu'il sirota avec délectation, pendant que l'affreuse nouvelle répandait la stupeur parmi les villageois. Le vieux Sirois, qui écoutait, le corps plié en arc, dans l'encadrement de la porte, faillit se trouver mal. Il perdait, pour sa part, quatre cents dollars.

Alors, Séraphin se mit à rire, d'un rire cynique, d'un rire de damné.

— Faut-il être bête pour mettre son argent dans une affaire de mines, surtout dans les mains d'un Perdichaud. Pas de danger que je fasse ça, moi. J'aime mieux vous prêter ça à vous autres, avec un intérêt raisonnable.

Tous, hypocrites, sournois et canailles, en le maudissant, firent signe que oui.

Plusieurs habitués de l'hôtel entouraient maintenant le vieux Sirois, le questionnaient, sous prétexte de le consoler. L'avare en profita pour se retirer.

— Bonsoir la compagnie, dit-il.

— Bonsoir, monsieur Poudrier, répondit la salle entière, pleine de fumée.

Et il s'en alla, tout en titubant.

— C'est la première fois qu'on le voit de même, dit quelqu'un.

— C'est par rapport à sa femme qui est morte, je suppose, conclut la sèche Rosina.

Poudrier eut beau, quelques minutes plus tard, se ratatiner le plus qu'il pouvait, le bedeau et la fille à Ticrousse Binette le virent sortir du presbytère.

— C'est la deuxième fois qu'il vient voir M. le curé en une semaine, pensèrent-ils. Sa pauvre femme va enfin avoir une messe de lui, je suppose?

— Viande à chiens! pensa Séraphin, il y a toujours des écornifleux quelque part icit'.

Poudrier fouetta sa vieille jument qui boitait.

Le vent faisait pencher les herbes qui poussaient déjà le long du chemin. L'air parfumé courait partout, et des grives volaient d'un arbre à l'autre, d'un piquet à l'autre, en laissant entendre un *titche-titche-titche* sourd, mais qui plaisait à l'oreille.

De loin, Poudrier aperçut sa maison juchée sur la colline, près du chemin de fer. Bâtie en grosses pièces de bois équarries et blanchies à la chaux, avec sa toiture en pignon que recouvraient des bardeaux gris et noirs, et le haut côté plus élevé que la cuisine, cette maison ressemblait aux habitations des vieilles seigneuries du Québec, et elle portait un air de bourgeoisie et de confort qui faisait l'orgueil de Séraphin Poudrier. Elle lui plaisait d'autant plus qu'il y vivait seul, à sa guise, séparé du monde, et qu'elle cachait sa passion, ses rêves et son or.

Après avoir dételé son cheval et jeté un coup d'œil aux animaux dans le pâturage, il entra. Quoique le soleil dardât les murs et le plancher, l'avare trouvait qu'il n'y faisait pas chaud. Mais au lieu de gaspiller du bois, il mangerait.

— T'as dépensé deux dollars soixante-quinze, s'adressa-t-il à lui-même. Tu vas faire pénitence, à c't'heure. Il va falloir rattraper ça. Puis tu vas te priver tout de suite. De la soupe froide, d'abord.

Et debout, près de la porte qui était restée ouverte, il avala, en grimaçant, le fétide breuvage.

Il enleva ensuite son bel habit des dimanches, pour se vêtir d'un pantalon de toile, dernier ouvrage de Donalda, et d'une vieille chemise grise, vêtements qui paraissaient enduits de goudron, tant la crasse y luisait. Il ferma la porte, y accrocha une vieille catalogne, qu'il gardait toujours à portée de la main pour boucher la vue, et de son bel habit, il sortit la bourse de cuir qu'il déposa sur la table. Un bruit sourd rompit aussitôt le silence dans la maison. L'homme se pencha, se frotta les mains, délia tranquillement les cordons de la bourse et vida le contenu d'un seul coup. Ce fut un ruissellement de pièces d'or et d'argent au milieu d'un fouillis de billets de banque. Les sonorités de cette symphonie épanouirent le visage de l'avare. Les deux mains tendues sur cette richesse qu'il avait sauvée des fausses mines de Perdichaud, Séraphin renversa son dos courbé sur la peau de mouton de la berceuse, et il tomba dans une extase où sa passion déroulait des rythmes d'amour et de volupté. Puis il se pencha sur l'argent, le renifla, lui sourit comme à la plus aimée des maîtresses. Il mit à part toutes les pièces de même grandeur et les billets de banque. Il fit trois piles: l'or, l'argent et le papier. Après quoi, il commença de compter, en prenant son temps. Il recommença plusieurs fois. Ce travail dura deux heures. Finalement, il trouva la somme de quatre mille sept cent cinquante-sept dollars.

Lorsque Poudrier eut appris que l'homme des mines de Saint-Damase du Lac était parti avec l'argent qu'on lui avait confié, il s'était empressé de retirer le sien à la Fabrique de sa paroisse, soit une somme de quatre mille deux cents dollars qu'il avait prêtée pour la construction de l'église. Il préférait ne pas courir de risque.

— On sait jamais, dit-il.

Et il alla cacher son trésor dans un sac d'avoine, en haut. Il rêva le reste de l'après-midi, ne mangea point, se coucha vers neuf heures, mais ne put s'endormir qu'à l'aube, quand les oiseaux s'éveillent.

X

Il arriva que la vie de Séraphin Poudrier fut sensiblement changée. Maintenant qu'il possédait une forte somme en papier et en belles espèces sonnantes, était-il prudent de la garder dans la maison? Autrefois, la petite bourse de cuir représentait pour l'usurier l'unité de bonheur; aujourd'hui, elle pesait lourdement sur son âme. Il s'en trouvait embarrassé. Le secret qu'elle contenait, et la catastrophe qu'il pourrait causer s'il était découvert, augmentaient l'angoisse de Séraphin. Il se sentait épié. Il se sentait traqué. Il avait peur des voleurs. Il avait peur du feu. Il pouvait mourir subitement. A l'approche silencieuse mais inévitable de la nuit, surtout, il était pris d'une sorte d'épouvante. Lorsque les ténèbres emplissaient la maison, son tourment prenait les caractères d'un mal incurable. Il se réveillait tout en sueurs, et, à tâtons, se rendait jusqu'aux trois sacs d'avoine. Il rapportait la bourse, la couchait avec lui comme un enfant, puis, la pressant sur son cœur, essayait de s'endormir.

Le matin, le mal recommençait. On eût dit que les angoisses lui servaient de nourriture. Séraphin, alors, de se traîner péniblement dans un labyrinthe de réflexions. Le malheur grandissait sans cesse autour de lui. Un moment, il crut voir la folie, face à face. Une malédiction pesait sur sa vie, aussi durement que sa passion avait accablé Donalda durant un an et un jour.

Il se rappelait que les printemps passés, depuis dix ans, il prêtait sur billet des sommes de deux à cinq cents dollars, formant un total de deux ou trois mille dollars. Cette année, rien. Qu'est-ce que ça voulait dire? Le mois de mai touchait à sa fin et pas un emprunteur encore ne s'était montré.

— Commenceraient-ils à me lâcher, les v'limeux, pensa-t-il?

Son intuition le trompait rarement. Un dimanche, après la grand'messe, il avait rencontré son fameux et éternel débiteur,

Siméon Destreilles, qui lui devait mille dollars depuis cinq ans, à dix pour cent d'intérêt. Mais comme Destreilles venait d'hériter d'une de ses tantes, il parlait de remettre à Poudrier les mille piastres, plus les intérêts de l'année courante.

— Je suis pas pressé, prenez votre temps, lui avait dit Séraphin.

— Ça fait assez longtemps que ça traîne, je veux vous payer, lui avait répondu Destreilles.

Toute la semaine, l'avare, ne s'éloignant pas de la maison, guetta ce mauvais débiteur qui voulait payer ses dettes et qui, heureusement, ne vint pas.

— J'espère qu'il viendra pas plus tard, ce maudit-là. En tout cas, si je le vois apparaître, je me cache.

Et il se tourmentait. Il cherchait un remède à tous les maux qui semblaient se multiplier. Finirait-il par trouver ce qui mettrait fin à ses souffrances? Et il retombait dans son péché, plus profondément encore, semblable à l'ivrogne qui tend ses lèvres en feu au gris alcool qui le mène au délire. Plus il s'approchait de son or, plus il souffrait. Il souhaitait de garder toujours près de lui, plus près encore, cet argent, nourriture de son âme métallique; mais il voulait en même temps anéantir les inquiétudes qu'il lui causait. Quel enfer! Le moindre bruit, autour de la maison ou dans la campagne éloignée, le précipitait dans une impasse d'idées contradictoires. Alors, à pas feutrés, il s'approchait de la porte, l'entrebâillait, puis après avoir regardé dehors, et s'être assuré qu'il ne courait aucun danger, il s'enfermait de nouveau dans la cuisine, où il se promenait, parlant tout haut, et tremblant de se voir si riche et si malheureux.

Une fois, une dernière fois, l'image de la morte vint se placer juste devant lui.

— Ah! ma Donalda, dit-il, elle m'était ben serviable. Sans le savoir, elle protégeait mon argent. Avec elle dans la maison, j'étais pas inquiet. A c't'heure...

Et il soupesait la bourse de cuir, plus lourde que jamais.

Où la cacherait-il? Est-ce qu'il n'existait point sur la terre un lieu de tout repos, un endroit invisible, où il pourrait endormir sa douleur en jouissant de sa passion? Depuis des jours et des jours, cette pensée le torturait. Quel enfer!

Il prit enfin une décision importante. La nuit, il se coucherait avec la bourse sous lui; le jour, s'il travaillait autour des bâtiments, il laisserait les quatre mille sept cent cinquante-sept dollars dans un sac d'avoine, en haut. Et s'il devait s'éloigner du logis, il emporterait l'argent avec lui. N'était-ce pas ce qu'il y avait de mieux à faire? Mais il se tourmentait toujours. Et sa mémoire, sa belle mémoire de jadis s'en allait, avec ses reins.

Il avait beau ne pas vouloir songer à son malheur, c'était plus fort que lui. Une destinée implacable le ramenait sans cesse sur le plan de ses tracas.

— Les marguilliers ont dû parler, pensait-il souvent, et maintenant toute la paroisse sait que j'ai tout mon argent icit'.

Pourquoi, encore, le plus vieux des garçons à Mathias lui avait-il dit l'autre jour:

— Vous êtes pas fou, le père Poudrier, vous avez retiré votre argent de la Fabrique?

« Oui, pourquoi? »

Pourquoi encore, le marchand Lacour, s'adressant à des colons, et sans le regarder, lui, Poudrier, prononçait-il l'autre jour, ces paroles lumineuses:

— C'est aussi bien de garder son argent dans la maison. Dans les mains des autres, on sait jamais, ces années-icit'.

« Oui, pourquoi? »

Et il cherchait à se rappeler les personnes qu'il avait rencontrées, les mots qu'il avait entendus. Est-ce que toute la région ne parlait pas de lui et de son argent?

Une nuit, il sentit une main chaude qui se glissait doucement sous la couverture de flanellette, une main qui s'emparait tout à coup de la bourse de cuir. Presque en même temps, il entendit le bruit d'un homme qui se précipitait dans l'escalier.

— Mon argent! cria d'une voix horrible, Séraphin, en sautant hors du lit, comme si on avait voulu l'égorger.

Il tremblait maintenant, comme Donalda avant de mourir. Bousculé par la peur, il buta contre une vieille valise. Trébuchant ici et là dans le grenier, il eut toutes les peines du monde à allumer une chandelle. Les lèvres agitées comme par un dernier souffle d'agonie, il répétait sans cesse d'une voix presque éteinte: « Mon argent, mon argent... gent... gent... mon argent! » Il respirait avec difficulté.

La chandelle à la main, il se promenait, tel un fou, dans cette chambre où était morte Donalda. Sur les murs son ombre se déplaçait, parfois même le devançait, comme si un autre avare l'eût aidé à chercher l'argent. Arrivé près du lit, il vit la bourse sur le plancher, où elle était tombée durant son sommeil. Un soupir de soulagement, de liberté et de bonheur s'échappa de sa poitrine. Afin de se remettre d'une aussi grande émotion, il s'assit, un moment, sur le bord du lit. Il entendit sonner deux heures. Il essaya alors de se rendormir, après avoir eu soin de nouer autour de son poignet droit les cordons de la bourse et de se coucher dessus, à plat ventre. A trois heures et demie, incapable de fermer l'œil, il décida de se lever.

Il cacha, avec des précautions infinies, l'argent dans un sac d'avoine. N'ayant pas faim et ne sachant que faire, il alla ensuite s'asseoir dehors sur les marches du perron.

L'aube signalait le jour au sommet de la montagne du Sauvage. La brise poussait doucement des paquets de brume au-dessus de la rivière. Le silence, tendu comme une toile, des quatre points cardinaux, bouchait l'espace et, malgré la joie qui semblait couler le long de ce matin de mai, il pesait lourdement sur Séraphin Poudrier. Finirait-il par perdre le sommeil à cause de cet argent qui l'embarrassait ! Finirait-il par prendre la vie en horreur et le travail en dégoût ? Finirait-il par en mourir, de cet or qui lui avait coûté tant de labeurs, de souffrances corporelles, de sacrifices et de soucis ?

L'avare sombrait dans ces pensées, lorsque l'aurore se dressa enfin, sur la campagne en fleurs. Tout à coup, le premier chant du merle se fit entendre, et la symphonie pastorale déroula sur les prairies ses rythmes de lumières et de sons. Sous le soleil du matin les rapides de la rivière, d'où s'élevait une poussière d'argent, entraînaient toujours la horde des billots, faisant entendre le choc formidable qui sortait du fond de la chute, puis la rumeur lointaine de chariots sur un sol pierreux. L'eau était haute, submergeant les terres plates et coupant la tête des aulnes que l'air charriait d'une rive à l'autre. On crut un moment que la rivière avalerait le pont, d'autant plus que les billots frappaient à coups répétés les culées et les piles, peu solides.

La lumière du soleil tombait sur les pacages déjà verts, si chaude, aussi, qu'on se serait cru en plein été.

Poudrier ne voyait pas cette richesse. Il ne comprenait pas les beautés répandues par Dieu, à pleines mains, sur les êtres et sur les choses. Dégoûté, il entra dans la maison. Il avait faim, mais il n'alluma pas le poêle. Il se contenta de manger un reste de soupe froide avec deux galettes de sarrasin, et il but un grand bol d'eau.

Le soleil éclairait obstinément la cuisine.

— Je suis ben en retard, fit Séraphin.

Et il se rendit près de la barrière, traire les vaches. Il les flattait, tâtait les côtes pour se rendre compte de leur maigreur. Il trouva cependant que les deux jerseys étaient d'un bon poil.

— V'la deux bonnes vaches, pensa-t-il. Pis, elles m'ont rapporté pas mal déjà et elles vont me payer encore plus cet été.

Ces paroles ne le rapprochaient pas de l'homme aux cheveux roux. Il calculait seulement l'argent que ces bêtes représentaient. Leurs veaux étaient alors des plus recherchés. Et leur lait était riche, et le beurrier du troisième rang le lui payait un si bon prix. Il supputait ce que lui vaudraient pendant dix ans encore, les deux jeunes vaches.

— Je les vendrais pas pour cent cinquante piastres, les deux, disait-il. Surtout qu'elles me donneront, chacune, un beau veau tous les printemps. C'est de pure race, ces animaux-là.

Et il laissa aller les bêtes dans le pacage.

Son chapeau de paille en arrière de la tête, le corps accoté contre la clôture, il restait là, hébété, regardant brouter ces animaux qui balançaient doucement la queue et allongeaient le cou vers l'herbe fraîche.

— Ces deux jerseys-là, c'est les deux plus belles vaches de la paroisse, répétait-il, encore, en se dirigeant vers la cuisine, où il préparerait la traite de deux jours.

Séraphin n'allait pas toujours lui-même porter le lait à la beurrerie. Il guettait Alexis, lui donnait les deux bidons. Au retour, son cousin lui remettait un morceau de carton sur lequel le beurrier avait inscrit le nombre de livres de gras. Tous les mois, le beurrier payait le compte à Séraphin. Ainsi Poudrier ménageait son cheval, sa voiture et son temps. Et puis, ça ne dérangeait en rien Alexis, qui se prêtait toujours de bonne grâce aux désirs et à tous les caprices de l'avare, depuis la mort de Donalda surtout, croyant que Séraphin souffrait et qu'il s'ennuyait beaucoup.

Mais, ce matin-là, contre son habitude, Alexis ne vint pas.

— Serait-il malade, se demandait Séraphin ? Serait-il passé, puis que je l'aurais pas vu ? Ou ben un accident ?

Il attendit jusqu'à huit heures et demie. Le cheval de son cousin n'apparaissait pas sur le haut de la côte. Il décida, enfin, d'aller lui-même porter le lait dans le troisième rang. Comme il attelait son haridelle à une vieille charrette, il pensait:

— Si je peux pas rencontrer Destreilles, toujours. S'il fallait qu'il me remette mon argent, ça parlerait au maudit. J'ai presque envie de pas y aller, à la beurrerie. D'un autre côté, ça serait pas mal sacrant de laisser perdre ce lait-là. J'y vas.

Une fois la voiture prête, il déposa les deux bidons, alla chercher dans un sac d'avoine la bourse de cuir, la fourra dans ses culottes, les cordons solidement attachés à ses bretelles, et monta en voiture.

Le temps était chaud. En passant près de la savane,[1] dans le dévalage,[2] une armée de maringouins s'attaqua au cheval et à Séraphin avec un acharnement qui rappelait la dure époque de la colonisation.

— Viande à chiens! criait l'avare, allez-vous ben me lâcher ?

Ce qui faisait que le cheval s'arrêtait net. Et Séraphin essayait d'écraser les moustiques, ou bien il agitait désespérément son chapeau de paille.

1. Terrain marécageux.
2. Ravin.

XI

Séraphin éprouva du soulagement lorsqu'il pénétra enfin dans la beurrerie où circulait un air de fraîcheur, mêlé à l'arome blanc du lait. Il n'était pas fâché, non plus, d'être en retard et de se trouver seul avec le beurrier qu'il estimait beaucoup à cause de sa discrétion, de ses bonnes habitudes d'économie et de son grand amour de l'argent. Tous deux méprisaient les pauvres et les endettés. Comme Séraphin, M. Brassard était un gratteux qui ne parlait que de piastres, de générosités, de services rendus; et il volait systématiquement sur la pesée du lait et sur la livre de gras. Mais il n'aurait pas trompé l'avare. Il l'estimait trop, et surtout il savait que Poudrier comptait à l'avance le prix et la valeur de son lait. Redoutant sa clairvoyance et son autorité, il le traitait donc comme un frère. Du reste, ils n'avaient point de secrets l'un pour l'autre,

Aussi, Brassard préférait-il avoir affaire à Poudrier plutôt qu'à son cousin, qui sentait souvent la tonne et la femme, et qui le faisait endêver.

— Nous autres, on se comprend, avait-il accoutumé de dire à son ami.

Ce matin-là, comme d'habitude, il manifesta un grand intérêt en le voyant venir.

— Vous est-il arrivé un accident, monsieur Poudrier ?

— Non, non. Mais je pensais que Alexis viendrait, et j'ai peut-être attendu un peu trop longtemps.

Puis, déposant les deux bidons sur la balance, il dit encore:

— Vous savez ben, monsieur Brassard, que les accidents, c'est pas fait pour nous autres, hein ?

— Vous l'avez dit, monsieur Poudrier. Mais, c'est-il là encore du lait de vos deux belles jerseys ?

— Justement, monsieur Brassard, justement. Il est riche, hein ?

— Le plus riche de la paroisse, monsieur Poudrier. Tenez.

Et le beurrier lui fit lire sur un morceau

de carton le tableau des valeurs en gras payées à divers cultivateurs de la région.

— Vous voyez ben, ajouta-t-il, vous êtes le premier, toujours le premier.

— Je le sais, je le sais, reprit l'avare. C'est reconnu que les jerseys sont les meilleures au monde. Et puis, j'en ai soin, pas pour rire.

Et les deux amis se regardèrent comme si eux seuls possédaient la vérité. Après un moment, le beurrier reprit d'une voix basse, qui sentait le petit lait sur:

— Dites donc, monsieur Poudrier, Lemont vous a jamais offert de vous payer votre dû et de reprendre ses vaches ?

— Jamais. D'ailleurs, il est trop tard aujourd'hui. Un engagement, c'est un engagement. C'est pas votre opinion, monsieur Brassard ?

— Vous avez raison. Et puis vous savez, moi, j'ai pas de pitié pour des gens comme ça, qui font ce qu'il a fait, lui, dans la grange. Tout se paye dans ce bas monde, pas vrai ?

Poudrier leva la main comme pour appuyer un jugement aussi droit. Il se dirigea ensuite vers la porte, mais il revint aussitôt.

—Ecoutez donc, monsieur Brassard, demanda-t-il, c'est-il vrai que Destreilles a hérité de sa tante ?

— Trop vrai, monsieur Poudrier, trop vrai. Il n'y a qu'aux ivrognes que de pareilles chances arrivent.

— C'est bon à savoir.

Et de nouveau, il mit le pied sur le pas de la porte. Il s'arrêta un moment, puis se tournant, il dit encore:

— Vous connaissez pas personne qui aurait besoin d'un mille piastres sur billet, pour un an, à du huit, si l'argent est ben garanti ?

— Non, j'en vois pas à c't'heure, monsieur Poudrier. Mais faites pas la bêtise de prêter votre argent à huit. Il est si dur à faire.

— Je comprends, monsieur Brassard. C'est pas pour moi. C'est quelqu'un que je connais qui aurait ça à prêter. Parce que moi, vous savez, l'argent que j'ai retiré de la Fabrique, je l'ai placé tout de suite à Montréal. Il a changé de mains, puis c'est tout'. Comme ça, monsieur, comme ça.

Et l'avare fit claquer ses deux doigts, comme deux os.

— Ah! vous êtes toujours pareil, monsieur Poudrier, fit Brassard. Vous avez le nez fin.

— Comme un renard, conclut avec un sourire amer, Séraphin.

Et il fouetta son cheval qui descendit au trot la petite côte qui séparait la beurrerie du rang Croche.

Il songeait maintenant à l'entretien qu'il venait d'avoir. Il se rendit compte qu'il avait menti à Brassard au sujet de l'argent à prêter, et que s'il avait menti de la sorte à son seul ami, c'est qu'il redoutait tout le monde, et que le mal dont il souffrait augmentait de façon inquiétante.

— Après tout, dit-il, pour s'excuser, je suis pas à confesse avec Brassard. Lui aussi, il doit me cacher des petites affaires, comme ça en passant.

Et il commandait son cheval, et il marmonnait de vagues paroles.

Dans la longue montée, la bête marchait au pas. Elle s'arrêta deux ou trois fois pour respirer. Le soleil marquait déjà onze heures. Il faisait chaud, et une poussière d'or s'élevait de la route. De loin, on pouvait voir des fumées jaunes, épaisses, qui montaient du fond des ravins ou qui rampaient ainsi que des nuages sur la tête des collines.

— Avec ces abattis-là, les colons vont finir par mettre le feu, pensa Séraphin. Le gouvernement devrait pas permettre ça, quand le temps est sec comme aujourd'hui.

Il se rappelait les incendies de l'année précédente qui avaient dévoré des forêts entières, léché des prairies et rasé des granges jusqu'en arrière du quatrième rang.

— C'est certain que si le feu prend cette année, songea-t-il encore, toutes les terres dans ce bout icit' vont y passer.

Il approchait de la maison. Avant d'entrer dans la cour, il regarda une dernière fois l'horizon que signalaient, de mille en mille, les fumées jaunes et denses. Poudrier laissa échapper un long soupir.

Il prit son temps pour dételer. Il faisait si chaud. Et puis, la bourse de cuir, sur lui, gênait ses mouvements.

Comme il donnait à boire aux animaux, il eut soif, lui aussi, et il eut faim. Depuis deux ou trois jours il mangeait à la hâte, et sans appétit, quelques galettes de sarrasin avec un peu de mélasse et un peu d'eau.

Aujourd'hui rien ne l'empêcherait de faire une pleine chaudronnée de sa fameuse soupe, qui lui durerait une semaine, peut-être davantage.

D'abord, il alla serrer les quatre mille sept cent cinquante-sept dollars dans un sac d'avoine, et pour n'avoir pas à se tourmenter pour rien, alors même qu'il travaillerait autour de la maison, il prit la peine d'enlever du sac plusieurs terrinées de grain. Après quoi, il déposa la bourse presque au fond du sac et la recouvrit d'avoine.

— Ainsi, pensa-t-il, si on veut l'argent, on prendra le sac tout rond. C'est ben du trouble pour un voleur.

Il ferma ensuite la porte à clef et descendit dans la cuisine préparer la soupe.

Il fit un feu vif qu'il adoucirait plus tard avec des rondins humides, s'il pouvait en trouver dans le hangar.

Il sortit.

Il resta longtemps, debout sur le perron, à regarder sa terre, sans la voir. Il pensait:

— Je suis fou de me faire du mauvais sang. Voyons, qui c'est qui pourrait me voler? Pourquoi me vouloir du mal, à moi? Non, non, il faut plus que j'y pense. Je suis en retard dans mes travaux. Tout traîne. Tout s'en va chez le yable. Il est temps d'y voir et ne pas me laisser miner par le mal imaginaire. D'abord, après-midi, il faut que je mette du fumier dans mon jardin. Là, devant ma maison, il y aura pas de danger. Je m'en vas voir tout ce qui se passe. Puis, j'ai du bois à fendre.

Il revint dans la cuisine. La soupe cuisait lentement et une mauvaise odeur s'en dégageait. Il ne s'arrêta pas à penser que c'était pour lui, cet aliment. Depuis longtemps, son sacrifice était fait et son goût prononcé.

Il sortit de nouveau. La chaleur écrasait les pissenlits au flanc des coteaux, et l'herbe jeune, penchée vers le sud, faisait signe à la pluie de venir.

Séraphin, assis sur les marches de l'entrée, affilait sa hache.

On entendait toujours le chant des chutes,

et de temps à autre, le bruit sourd d'un billot qui plongeait.

— Le temps est écho, constata-t-il. Il va sûrement mouiller avant la fin de l'après-midi. Mais c'est curieux, on entend presque plus descendre de billots. Ça doit tirer à sa fin, ou ben, il y a une grosse jamme[1] dans les rapides.

Et Séraphin continuait à affiler sa hache avec les gestes d'un homme qui ménage le temps, qui ménage son affiloir ou qui ménage sa hache.

Puis, il entra jeter un coup d'oeil sur le poêle. Il avait faim. La soupe cuisait toujours lentement et sentait toujours mauvais. N'importe, Séraphin n'attendrait pas plus longtemps.

— J'ai un creux dans l'estomac, dit-il.

Et il plongea un bol dans le chaudron. Il en sortit un breuvage blanchâtre, où flottaient des filaments bruns et des cartilages entrelacés comme des poignées de vers. Debout, accoté contre le bahut, il trempait dans cette soupe des galettes de sarrasin

---

1. De l'anglais « jam ». Accumulation de bois flotté; prise.

roulées en forme de gros cigares, qu'il dévorait ensuite gloutonnement. Et pour ne pas laisser se perdre une seule goutte du bouillon, il buvait à même le bol. Mais il avait toujours faim.

— Ah! ben par exemple, je peux toujours me servir une deuxième fois. Ça m'arrive pas souvent.

Il plongea de nouveau le bol dans le chaudron. La soupe était maintenant plus épaisse, et la mauvaise odeur de tout à l'heure paraissait s'en aller.

— C'est pas battu, ce manger-là, dit-il encore.

Après avoir longtemps cherché dans l'armoire, dans le bahut, partout, il trouva enfin, sous un plat renversé, un morceau de pain sec, dur comme du bois et qui bleuissait dans l'ombre depuis six mois. Du bout de ses doigts carrés et sales, il l'émietta dans la soupe, qui se couvrit aussitôt d'une poussière fine, couleur de craie et de terre. Il brassa le tout et il but avidement comme un homme que la soif dévore.

— Que ça fait du bien! Que c'est bon! soupira-t-il.

Et il passait sa langue rouge sur ses lèvres minces, où pendait encore un morceau de cartilage tordu.

Il lava ensuite le bol et la cuiller. Il mit quelques rondins dans le poêle, la soupe n'étant pas tout à fait à point, et vint s'asseoir sur le pas de la porte.

Le soleil tombait en averse dans la cour, où les poules grattaient sans relâche, s'épuisant à chercher quelques grains de blé ou d'avoine. Des hirondelles, libres et folles, découpaient des triangles dans la tapisserie bleue de l'air, ou culbutaient comme mortes, du haut du ciel. Des bruits de voitures se faisaient entendre sur la route sèche, en même temps que les « hue » et les « dia » lointains, que criaient les hommes durs, décidés à vaincre la fatigue et la misère. La chaleur pénétrait le sol, la végétation nouvelle, et les bêtes heureuses qui paissaient dans les champs.

Séraphin, assis dans la porte, la tête appuyée sur le chambranle, les cuisses ouvertes, les deux mains croisées sur le ventre, se chauffait au soleil. Malgré lui, il ferma les yeux et se laissa descendre avec douceur dans un assoupissement qui dura quelques minutes. Encore qu'il eût grand besoin de dormir, il fit un effort pour se lever.

— Je gaspille mon temps, dit-il. Moi qui dois fendre du bois.

XII

— Hhein!... Hhein!...

C'était le bruit sourd, déchiré, que laissait échapper Séraphin à chaque coup de hache qu'il donnait, comme s'il eût travaillé des reins, ou comme si une de ses côtes se détachât brusquement. Nu-tête, les manches de sa chemise bleue retroussées, et le col ouvert, il bûchait et il avait chaud.

Une brassée de rondins étant prête, il se pencha pour la saisir, lorsqu'il sentit dans son dos la forte haleine d'un homme ou d'un loup. Il se retourna. Il vit une bouche grande ouverte, et dans la bouche, ce cri qui sortait tout rouge:

— Séraphin! Une de tes jerseys vient de tomber à l'eau, dans le remous!

C'était Alexis qui lui annonçait cette nouvelle.

D'un bond, Poudrier avait sauté la barrière, et il se dirigeait en courant comme jamais il n'avait couru, au bout de sa terre, où la rive était coupée à pic, où certainement la vache avait glissé de haut en bas jusqu'à la rivière.

Alexis le suivait de loin, un câble à la main, courant aussi vite qu'il pouvait, et criant de toutes ses forces des paroles incohérentes que le vent emportait.

Rien n'empêchait Séraphin, dans sa précipitation, de penser qu'il aurait dû retourner voir à sa clôture au bout du pacage.

— Ça serait pas arrivé, ça serait pas arrivé, répétait-il.

Et il courait sans regarder devant lui, comme tiré par une idée fixe. Il courait, fouetté par une force extraordinaire qui n'était autre que sa passion, rendue à son paroxysme. Au risque de suffoquer en route, il sauverait sa vache.

Arrivé près de la clôture qui dominait la rivière d'une hauteur de vingt pieds environ, il s'arrêta un moment. Il ne soufflait pas, il ne respirait pas. Il était blanc comme l'écume des rapides. Il était Séraphin Poudrier dans l'apothéose de sa laideur.

Il gardait encore assez de calme pour se

rendre compte qu'en effet trois perches manquaient à la clôture, et que c'était par là qu'avait passé la pauvre bête.

Il aperçut tout à coup la vache qui tournait dans le remous, le cou sur un billot. Il ne prit pas le temps de voir si Alexis le suivait de près, il se laissa glisser jusqu'à la rivière, où une pierre l'empêcha de tomber dans l'eau.

— Tu vas te néyer, Séraphin. Grouille pas, grouille pas, lui criait Alexis, en se laissant emporter, à son tour, par le sable.

Tous les deux, maintenant, se trouvaient sur le bord de l'eau. Poudrier ne parlait pas. Il était toujours blanc comme l'écume des rapides, et il tremblait un peu. Il ne pouvait détacher ses yeux enflammés de la vache qui, la tête sortie de l'eau, comme un chevreuil que des chasseurs poursuivent, nageait et tournait dans le remous, et essayait de poser ses pattes sur les billots graissés par la morve des lacs, et qui roulaient sans cesse sur eux-mêmes.

L'avare voulut se jeter à la nage. Alexis lui serra le bras de sa poigne d'acier.

— Fais pas le fou, dit-il. Laisse-moé faire,

laisse-moé faire. Va te placer dans la route, là.

Il y avait en effet un sentier battu par les pêcheurs dans une coulée toute proche.

— Tiens-toi là, criait Alexis. Je m'en vas te garrocher le câble.

Et il se mit à courir sur les billots.

A cet endroit, au pied du rapide, la rivière, d'une quarantaine de pieds de largeur, forme une anse. L'eau y était un peu plus calme, mais des remous la vrillaient, ici et là, par-dessous. Des billots tournaient lentement le long des rives ou stationnaient, en rangs serrés, au milieu de la rivière.

La vache se trouvait un peu plus bas, à dix pieds de la rive opposée, où dans un escarpement rapide commençait la forêt. Il s'agissait donc d'attraper la bête au lasso et de la tirer de ce côté-ci, où attendait Poudrier, anxieux et tremblant.

Alexis, le câble à la main, sautait avec l'agilité d'un écureuil. Parfois, pour garder son équilibre, il restait un moment sur le même billot, le faisant tourner avec ses pieds, jusqu'à ce qu'il se fût trouvé d'aplomb. Puis, il sautait sur un autre, approchant toujours de la vache qui, maintenant, la tête tournée vers Alexis, le suppliait, de ses grands yeux égarés, de la secourir.

— Envoye! envoye! criait Séraphin de la rive, heureux de voir son cousin bondir avec tant d'habileté sur les billes gluantes.

Il avait entendu dire plusieurs fois que Alexis était dans son temps un des meilleurs draveurs « d'en haut », mais aujourd'hui il en avait la preuve. Toutefois, en ce moment, il ne pensait pas à s'émerveiller des prouesses de cet homme, si gros et à la fois si souple, et qui enjambait si rapidement qu'une loutre eût été incapable de le suivre.

— Envoye! Envoye! criait-il.

Un moment, Alexis, ayant mal mesuré son élan, mit justement le pied sur le bout d'une épinette, qui plongea. Plus vite que la pensée, il courut à l'autre bout, ramenant ainsi le billot sur le plan horizontal.

— Néye-toi pas! Envoye! Envoye! lui cria Séraphin.

— Crains pas, mon vieux. Grouille pas de là, toé. Je m'en vas l'avoir.

Et il regardait autour de lui. Il cherchait un billot énorme d'où, bien en équilibre, il aurait le temps de lancer le câble au cou de la vache. Il en vit un, immobile; il sauta dessus à pieds joints. Deux fois, il tourna le câble, le déroulant avec force dans la direction de la vache, qu'il attrapa, par les cornes, du premier coup.

L'avare laissa échapper un tel cri de joie, accompagné d'un tel soupir, que Alexis ne put s'empêcher de fendre l'air d'un éclat de rire formidable.

— T'as eu peur, hein, mon maudit Séraphin? C'est de même qu'on poigne ça, nous autres, des vaches à l'eau.

Et il courait toujours sur les billots vers le rivage où se trouvait Poudrier. Lorsqu'il fut à une quinzaine de pieds, il lui lança le câble que Séraphin saisit, en tombant sur le dos.

— Tiens-le ben, à c't'heure, lui dit Alexis.

Une fois sur le rivage, au côté de son cousin, il dit encore:

— Tire pas trop fort. Elle va s'en venir toute seule avec l'épinette.

Et lentement, la vache avançait sous la pression du câble et des remous, qui faisaient autour de sa tête des petits bouillons blancs. Lorsqu'elle fut près du bord, Alexis sauta dans la rivière. L'eau était froide et il en avait jusqu'à la ceinture.

— Baptême! C'est pas chaud, cria-t-il.

Et il travaillait comme un damné pour dégager la pauvre bête, en poussant dessus, ou en la tirant par la queue.

Enfin, la belle jersey, pour laquelle Séraphin aurait noyé tous les hommes aux cheveux roux, se trouvait sur la terre ferme, mais grelottait comme une feuille.

— Viande à chiens! s'exclama l'avare, qu'est-ce que c'est que je te dois pour ça, Alexis?

— Rien, pantoute, mon vieux. Mais tu ferais mieux d'arranger ta clôture.

— Ça s'adonne, et pas plus tard que tout de suite.

Ils montèrent le petit sentier, suivis de la vache, qui s'arrêtait de temps à autre pour se lécher les flancs ou pour respirer.

Lorsqu'ils eurent atteint le sommet, Poudrier se retourna et regarda un moment la rivière, en bas du rapide, où glissaient sans cesse des billots, et où sa vache avait failli se noyer.

— Sais-tu, Alexis que c'est pas croyable? La damme[1] est pas loin, puis elle s'en allait dret dedans. Il faudrait que j'arrange ma clôture, comme tu dis, parce que ça descend raide, viande à chiens! icit'.

Et il cherchait des perches de cèdre le long du pacage, pensant toujours à la perte possible qu'il fallait éviter, tandis que la vache broutait tranquillement sous le beau soleil qui la réchauffait de son manteau de lumière.

Séraphin marcha longtemps. Il revint avec trois perches qu'il fixa solidement dans les pieux. Puis, s'adressant à Alexis:

— Mais j'y pense, là, tout d'un coup. Ma clôture était correcte la semaine passée. Ça doit être quelque v'limeux de jaloux qui m'a joué un tour de cochon. Viande à chiens! que je le poigne jamais!

Et il jurait, tandis que Alexis se donnait des tapes sur les jambes et sur les cuisses pour sécher son linge et pour se réchauffer. Ils marchaient maintenant dans la direction de la maison.

Le temps était calme, et le bruit le plus

1. De l'anglais « dam ». Digue, barrage.

léger dans la nature, le vol d'un oiseau parmi les pousses tendres, le saut d'un lièvre, une branche qui tombe, parvenait jusqu'à eux avec la plus nette précision.

Tout à coup, ils aperçurent dans le lointain, où la coupole de l'horizon tombe dans l'infini, des paquets de fumée jaune et noire qui se déplaçaient, pareils à des nuages.

— C'est pas des feux d'abattis, ça, fit l'avare. C'est plus pointu que ça.

— Ç'a pas l'air, constata, à son tour, Alexis.

Et ils avancèrent plus vite. La fumée grossissait toujours, et toujours de plus en plus noire, montait, divisée, dans le ciel.

— On dirait que c'est pas loin de chez vous, fit Alexis.

Ils s'arrêtèrent un moment. L'avare, immobile, sec et brun comme un arbre, regardait droit devant lui. Il blêmissait. Puis, soudain, il cria d'une voix atroce:

— C'est moi qui brûle!

Et il partit comme un éclair. Il courait aussi rapidement que tantôt. Deux fois, il tomba. Il se releva aussi vite pour courir plus fort. Alexis, qui avait jeté le câble au loin, le suivait de près.

— Je brûle, répétait Séraphin d'une voix étranglée, et les deux bras devant lui, comme s'il avait voulu saisir quelque chose ou barrer le passage à une catastrophe qui se faisait inévitable.

Une fumée grise et dense sortait par les fenêtres et par la porte de la maison, tandis que d'autres, plus noires, glissaient sur la toiture ou se dressaient vers le ciel en des contractions spasmodiques.

Séraphin approchait toujours, et sur sa figure, jaune et sèche comme l'avarice, il sentait des souffles chargés d'odeurs de chaux et de cuir brûlés.

Avant que Alexis n'eût le temps de faire un geste, Poudrier se précipita, affolé, dans la porte de la cuisine, où il disparut, emporté par un nuage noir.

— Séraphin! Viens-tu fou! criait Alexis.

Et il essaya de suivre l'avare dans la maison. Il eut juste le temps de l'entendre qui montait l'escalier au fond du haut côté. Essaierait-il de l'atteindre? Ah! s'il pouvait l'accrocher par un bras! Deux fois, il tenta cet effort; deux fois il dut reculer. Il ne distinguait rien au travers de ces nuages opaques comme du sable et qui brûlaient les yeux. Il voulut crier. Une fumée âcre le saisit à la gorge. Il eut la force de marcher encore dans la cuisine. Découvrant tout à coup le chambranle de la porte où filtrait une lumière pâle, il se laissa entraîner de ce côté.

Alexis se retrouvait dehors, chauffé comme dans un four. Il avait perdu complètement la tête, et il se mit à sauter comme un chat pris de haut mal. Il criait, il cherchait des chaudières, il appelait au secours.

La maison n'était plus qu'un nuage de fumée que traversaient, ici et là, des traits rouges et tordus. Puis, elle se mit à flamber. Des millions de flammèches volaient partout. On eût dit que le hangar et l'étable brûlaient en même temps que la maison. Les flammes se faisaient plus nombreuses, plus rouges et plus rapides. Elles sortaient tout à coup d'une fenêtre ou couraient le long de la corniche. Alexis se rendit compte qu'un pan de mur pouvait tomber sur lui. Il recula, épouvanté. De biais, il crut voir passer une ombre dans une fenêtre, entourée de fumée et de flammes.

Etait-ce Séraphin? Comment en douter? Il ne l'avait pas vu sortir. C'est certain qu'il mourrait là, brûlé vif.

Et Alexis criait de plus en plus fort, maudissant la fatalité de ne pouvoir porter secours à son cousin. Est-ce qu'il existait en ce moment sur la terre une chose plus effroyable que cette maison en feu, et Séraphin qui brûlait dedans? Et lui, impuissant à vaincre la mort?

Le désespoir horrifiait toujours Alexis, lorsqu'il crut reconnaître Ti-Jean Frappier, Siméon Destreilles, Ti-Noir Gladu et le grand Bardeau, qui accouraient à travers les champs.

Ils arrivèrent juste au moment où la toiture s'écroulait avec fracas, en même temps que deux murs, au milieu de la fumée et des flammes qui montaient en spirales dans le bleu du ciel.

— Il n'y a rien à faire, dit Siméon Destreilles.

On entourait maintenant Alexis et on le déchirait de questions.

— Est-ce que Poudrier le sait, demanda le grand Bardeau?

Alexis le regarda un moment, les yeux rouges et hagards. Puis, montrant de sa main large et tremblante le brasier, il hurla:

— Séraphin? Mais il est là. Il brûle avec. Il est mort.

— Non? non? Ça se peut pas, disaient les colons effrayés, et tournant ainsi que des bêtes dans la cour.

Ils tentèrent de s'approcher du feu, mais la chaleur était trop grande. Ils durent s'en éloigner aussitôt, avec un tel air de découragement que le fort Alexis ne put retenir ses larmes.

— Si sa grange peut pas y passer, toujours, dit niaisement Siméon Destreilles.

— Je pense pas, reprit Alexis, abruti, parce que le vent est de l'autre bord.

Et tous, saisis d'horreur, regardèrent de loin s'écrouler le dernier mur.

Ce qui restait de la maison flamba jusqu'à six heures du soir.

XIII

Beaucoup de monde accourut de partout. Des femmes nu-tête, avec des bébés dans les bras, des hommes avec des fanaux, et des bandes d'enfants qui pleuraient ou qui riaient. Une grande curiosité attirait ces gens misérables. Que Poudrier se fût jeté, ni plus ni moins, dans le feu, cela constituait la plus effrayante nouvelle qui eût jamais secoué ce pays de misère. On se demandait si on retrouverait le cadavre et dans quel état il serait.

Il fallut attendre jusqu'à neuf heures du soir avant de se risquer dans les ruines encore fumantes. A la lueur de plusieurs fanaux, et à l'aide de piques, de pelles et de fourches, on parvint à déblayer lentement l'endroit où se trouvait, il y a quelques heures à peine, la maison de Séraphin Poudrier, dit *le riche.*

Sous des débris sans nombre, tout au fond

de la cave, on le trouva, à moitié calciné, étendu à plat ventre sous le poêle, la tête prise comme dans un étau, les bras croisés sous la poitrine, et les deux poings fermés.

On réussit à dégager le corps. Avec les plus grandes précautions, et dans la crainte que cette charpente d'homme qui avait été l'avare ne tombât en poussière, on le tourna sur le dos. Quelle horreur! Deux trous à la place des yeux, la bouche grande ouverte, les lèvres coupées, et une dent, une seule dent qui pendait au-dessus de ce trou. Tout le reste du corps paraissait avoir été roulé dans de la glaise.

Deux fois Alexis se pencha sur le cadavre. Il voulait savoir quelque chose. Il le sut.

Il ouvrit les mains de Poudrier. Dans la droite il trouva une pièce d'or et, dans la gauche, un peu d'avoine que le feu n'avait pas touchée.

Préfaces aux éditions antérieures

J'aurai dit tant de mal des préfaces que, pour mon châtiment, je me vois dans l'obligation d'en signer une. C'est toujours ainsi que les choses se passent. La vie, surtout la vie littéraire, nous réserve des surprises. On n'y peut rien.

Et maintenant, expliquons-nous.

A la suite de sollicitations venant de toutes parts je consens à rééditer UN HOMME ET SON PÉCHÉ.

L'ouvrage parut d'abord aux ÉDITIONS DU TOTEM *en* 1933. *La critique l'accueillit avec enthousiasme. Il ne m'appartient pas de juger moi-même les juges et de décider si on a eu raison de reconnaître certaines qualités à un roman canadien qui veut être une peinture des moeurs paysannes, vers* 1890, *dans la région des Laurentides, au nord de Montréal.*

On m'a souvent demandé si le personnage central, ou ce qu'on est convenu d'appeler le « héros » (et quel héros!), l'avare Séraphin Poudrier, avait réellement existé?

*A cette question, je réponds qu'il n'a pas existé, mais qu'*ILS *ont existé puisque trois types de chez nous ont servi à la création de mon personnage. Chez l'un, j'ai pris le physique; chez l'autre, certains tics et certaines manies, tandis que le troisième, dont je connais la vie depuis toujours, m'a fortement édifié par des faits précis et par les événements incroyables dont il fut l'objet.*

Des usuriers, des grippe-sous, des passionnés de l'argent tel que mon Séraphin, ils ne sont pas rares en terre canadienne, dans les bois reculés de la colonisation et jusque dans les paroisses agricole les plus prospères. Non pas seulement ici, mais en France; non pas seulement en France, mais dans tous les pays où la paysannerie s'accroche au sol.

« Ménage pis parle pas », c'est la maxime ou mieux la sentence (sentence est plus fort) de tout paysan, quel qu'il soit, et peu importe la contrée qu'il habite.

On admet que l'économie est une qualité essentiellement française. C'est par son économie, disons plus, par une certaine âpreté au gain, que la France, la vieille France, s'est maintenue si forte et si belle dans l'histoire du monde. Puis c'est à cause de ses dissipations, de sa prodigalité et d'un relâchement au sein même de la paysannerie que la France a connu la défaite en juin 1940. En tout cas, ce fut là l'une des principales causes de son effondrement.

Or, de l'économie lésineuse à l'avarice il n'y a qu'un pas à franchir. Séraphin Poudrier l'a franchi. Il ne vit, ne respire que pour sa passion sordide. Il ne représente donc pas la paysannerie canadienne-française, mais le péché, ce qui est bien différent. Il reste lui-même le péché capital. Et croyez, chers lecteurs, que le roman demeure bien au-dessous de la réalité. Je n'ai pas voulu écrire tout ce que l'avare a fait, a dit, a pensé parce que ce serait simplement épouvantable et que personne n'oserait y croire. Enfin, il y a des choses ignobles qu'un romancier qui se respecte ne peut pas étaler.

C'est ce que le public comprit tout de suite, n'en faisant pas moins à UN HOMME ET SON PÉCHÉ *un accueil chaleureux, si bien qu'en 1935, les* ÉDITIONS DU VIEUX CHÊNE *rééditaient le roman. Soumis la même année au concours David, l'ouvrage obtint le grand prix, ce qui devait le rendre plus populaire. Des milliers d'exemplaires furent vendus et pénétrèrent dans toutes les classes de la société, aussi bien chez les ouvriers que chez les paysans, suprême honneur, j'aime mieux le dire, et douce récompense que j'ambitionnais depuis longtemps. Par la suite, parurent des éditions avec des variantes et des corrections que je ne désavoue pas aujourd'hui.*

*Au mois de septembre 1939, la radio d'Etat m'invitait à écrire une adaptation radiophonique d'*UN HOMME ET SON PÉCHÉ. *J'acceptai avec plaisir, et me mis à la tâche, laquelle n'est pas facile et nécessite beaucoup de travail. Cette adaptation radiophonique se continue depuis septembre 1939 à raison de cinq émissions par semaine, du* *lundi au vendredi inclusivement au poste* CBF *à 7 heures du soir.*

*Les nombreux témoignages qui s'accumulent sur ma table aussi bien qu'à la radio d'Etat indiquent clairement qu'*UN HOMME ET SON PÉCHÉ *obtient beaucoup de succès grâce à l'excellente interprétation et à une réalisation admirable.*

Mais que le lecteur ne s'attende point à trouver dans le présent ouvrage l'adaptation radiophonique du roman. C'eût été une entreprise irréalisable. Le roman est une chose; la radio une autre. On ne peut faire agir les mêmes personnages sur deux plans à la fois. Il n'y a en art qu'une création. La scène n'est pas du roman et le roman ne saurait être du théâtre radiophonique.

Vous ne trouverez pas ici (réédition du roman original qui comporte cependant quelques corrections dans le langage et le style) les amours de la vieille fille Angélique, les facéties de Pit Caribou, les bravades de Jos. Malterre, l'aubergiste, l'astuce d'un notaire, les misères et les joies fugitives de quelques colons et d'une douzaine d'autres personnages que j'ai créés de toutes pièces pour la radio et lesquels n'existent pas dans le roman.

On comprendra que la radio exige la multiplicité des situations dramatiques et des épisodes sur un plan donné, qu'on n'arrange pas à toutes les sauces et aussi facilement que certains critiques distraits tentent de le faire croire.

*Le fond d'*UN HOMME ET SON PÉCHÉ, *sa vie, c'est l'avarice. C'est le même sujet qui commande l'adaptation radiophonique. Pour le reste, c'est tout différent et c'est ce que j'entends expliquer clairement au lecteur. Il ne faut pas qu'il y ait méprise de sa part. Je ne veux pas le tromper.*

C'est même là le seul but de cette préface et la principale raison qui m'invite à la signer.

SAINTE-ADÈLE, CE 20 FÉVRIER 1941.

A l'occasion du 61e mille de ce roman paru en 1933, je crois utile d'apporter quelques précisions en regard de sa popularité et de l'accueil si généreux du grand public.

On se rappelle qu'en 1942 et par la suite en 1943 et 45, j'ai fait jouer au théâtre des paysanneries tirées du roman radiophonique. Le peuple ouvrier et le peuple paysan ont paru goûter ces tableaux de mœurs où l'avare tenait le principal rôle. Je ne visais pas au théâtre compliqué ni à l'étalage du vice. On m'accordera au moins le mérite d'avoir été réaliste et naturel. C'était simple mais nos gens ont retrouvé là des traditions et des coutumes canadiennes qui vivront toujours.

Il ne faudra pas s'étonner si, après de pareils succès, j'ai consenti à écrire pour le cinéma. Le premier film UN HOMME ET SON PÉCHÉ *fut projeté à l'écran en janvier 1949. Le deuxième, intitulé* SÉRAPHIN, *sera lancé au mois de février 1950. Nous avons tâché à vous faire apprécier les paysages magnifiques des pays d'en haut et démontrer jusqu'où l'avarice peut conduire sa victime.*

Toutes ces entreprises, tant au théâtre qu'au cinéma, n'ont pas ralenti la vente du roman original puisque la présente édition atteint 61,000 exemplaires.

SAINTE-ADÈLE, 15 JANVIER 1950.

On réclame toujours une nouvelle édition de ce roman de mœurs paysannes publié d'abord en 1933, réimprimé en 1935, 1941, 1950 et qui atteignait cette année-là au 61e mille exemplaires. Convenez que j'ai parcouru beaucoup de chemin depuis la création de cet ouvrage.

Aujourd'hui, UN HOMME ET SON PÉCHÉ *est à l'étude dans nos collèges, nos universités, et ce, grâce à la poussée en flèche à la radio et à la télévision. Cependant, toute une nouvelle génération veut connaître la genèse de ce roman qui demeure la peinture réaliste, parfois brutale, jamais vulgaire,de l'avarice qui dévore, ainsi qu'une torche vivante, l'infâme* SÉRAPHIN.

On ne me pardonne pas d'avoir créé et de continuer à écrire un feuilleton hebdomadaire à la gloire de ce péché capital. Certains critiques légers, toujours les mêmes, me reprochent d'abuser d'un succès populaire qui ne semble pas vouloir mourir. Mieux que personne je sais que ce roman encore écouté au poste CKVL, regardé tous les lundis soir au canal 2 depuis 1956, n'est pas un chef-d'œuvre. Il s'agit tout au plus d'un divertissement honnête que les radiophiles et les téléspectateurs ont bien le droit de s'offrir. Pourquoi refuser ce plaisir au grand public ? Les esprits sérieux jugeront tout de suite que je serais bien fol de ne pas poursuivre mon œuvre tout en distrayant mes compatriotes.

Mais l'essentiel c'est le roman original imprimé.

Le voici.

J'ose croire qu'on le lira avec satisfaction et que l'on finira par admettre que, si le roman UN HOMME ET SON PÉCHÉ *demeure à la base même du régionalisme, il tient à l'universel par sa situation dramatique : l'avarice.*

Il ne m'appartient plus maintenant de juger mon ouvrage. Seul, le peuple reste le juge et bon juge.

SAINTE-ADÈLE, CE 15 JANVIER 1965.

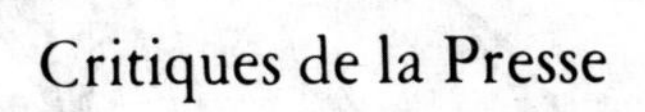

Critiques de la Presse

Séraphin Poudrier, *dessiné par l'artiste Michèle Goudro, d'après les indications de Claude-Henri Grignon.*

Voilà comment, il y a une trentaine d'années, la critique officielle jugea : Un homme et son péché.

« Du commencement à la fin, le roman court, sans inutiles longueurs, sans puérils détours, ramassé sur lui-même, sans que l'auteur se soucie de savoir comment d'autres l'ont conté sous un autre titre ni comment la rhétorique aurait pu l'embellir. Et surtout, il met en scène des êtres vivants, non pas, comme dans presque toutes les œuvres d'imagination enfantées dans le Canada français, des créations de la littérature. Séraphin Poudrier est un type d'avare qui méritait d'être peint: il l'a été, je n'ose dire de main de maître, mais avec un talent peu commun. Et, à travers le récit, des descriptions, des images, comme il en jaillit spontanément de la plume de Grignon, une des plus verveuses, une des plus poétiques, une des plus sincères que possède notre pays. »

OLIVAR ASSELIN.

« Aussi beau que *Maria Chapdelaine* de Louis Hémon, « Un homme et son péché » prendra place dans nos bibliothèques à côté des livres des écrivains régionalistes français tels que Gaston Chérau, Alphonse de Châteaubriant et Constantin-Weyer. Il marque une étape dans notre vie littéraire. Par son ton coloré, par sa forme qui sort de la banalité, par son fond bien balancé, bien équilibré, « Un homme et son péché » est le roman le mieux écrit et le mieux composé de notre littérature. »

ADRIEN PLOUFFE.

« Ce roman présente le sérieux mérite d'avoir campé un type. « Un homme et son péché » est l'histoire d'un avare, et ce personnage a du relief. Il fait partie de la troupe des personnages de romans susceptibles de rester longtemps dans la mémoire du lecteur, avec ses traits essentiels, ainsi qu'un homme de chair et d'os que l'on aurait rencontré. Un roman dont on retient quelque chose, ce n'est pas mal. »

ROBERT RUMILLY.

« Voilà un beau livre, d'une ligne sobre, d'un trait cursif et âpre, d'une langue forte, dédaigneux des « jolis » tableaux au caramel. Un livre qui tranche nettement sur la production romanesque du Canada français. Il reste à Claude-Henri Grignon l'honneur d'avoir gratifié le roman canadien de son premier caractère symbolique, de son premier personnage qui ne soit pas un pantin. »

REX DESMARCHAIS.

« Notre meilleur roman de mœurs paysannes. »

JEAN-CHARLES HARVEY.

« Le livre de M. Grignon est un fouetteur d'âmes comme les stimulants sont des fouetteurs de sang. Vous serez meilleurs après l'avoir lu. »

VIVIANE DÉCARY.

« Livre moral d'intention et d'exécution, qui ne contient aucune thèse. A mes yeux, le grand courage de l'auteur posant en relief une figure d'avare, n'a pas consisté à reprendre un sujet maintes fois caressé par la palette des maîtres, mais à offrir dès le début un personnage déjà accompli et son vice en pleine maturité. Séraphin Poudrier vient au monde — dans le roman — riche et avare. Malgré tout, l'intérêt va grandissant. Il y a progrès continu chez ce monstre de rapacité. Ne trouvez-vous pas que, s'étant mis en présence d'une gageure, M. Grignon l'a emporté haut la main? »

M. A. LAMARCHE, O. P.

« Le roman de Claude-Henri Grignon est, à mon avis, le chef-d'œuvre de la littérature canadienne. De tous nos romans, il n'y en a pas qui m'ait plus passionné. M. Grignon nous présente un vrai caractère, soutenu, étudié, minutieusement exploité: on songe à Balzac. »

CARMEL BROUILLARD, O. F. M.

« *Un homme et son péché* est le plus réaliste tableau de mœurs paysannes et l'unique roman de caractère de notre littérature. Et c'est fort probablement le seul livre écrit par un Canadien où l'esprit chrétien et la morale chrétienne, au lieu de nous être présentés comme une série de bornes que les gens habiles éludent, s'infiltrent dans la conscience du lecteur comme un tonique spirituel, la redressent, la relèvent. »

ALBERT PELLETIER.

« Le tempérament le plus robuste, le style le plus vigoureux, c'est sans contredit Claude-Henri Grignon. La publication d'UN HOHME ET SON PÉCHÉ fut une véritable révélation. Pour la première fois, un romancier canadien s'attaquait à un sujet éternel, l'avarice, il faisait vivre ses personnages dans un petit village des Laurentides, il créait des types forts et bien dessinés. C'est une étude de caractère d'une richesse d'observation rare chez nous, à laquelle on ne peut reprocher que l'éloquence verbeuse de certaines pages ».

ROGER DUHAMEL.

« Mais tout à coup les libraires annoncent « Un homme et son Péché », roman de Claude-Henri Grignon. Et Harvey qui dit : « ceci est notre meilleur roman de mœurs paysannes ». En effet, la face cuite de Séraphin Poudrier faisait comme un relief sur le tas de créations plates fabriquées depuis les origines de notre plate littérature. Grignon — dans son grand livre — avait mis son homme à poil — si bien qu'on voyait l'avarice lui coller à la peau.

(. . .) Grignon ou l'homme des foules.

Il est le seul au pays, capable de nous donner des épopées populaires comme l'ASSOMMOIR qui est un livre extraordinaire.

(. . .) L'amour qu'a Grignon pour la terre — la terre grosse de vie et qui a cinq sens comme un homme — lui fera faire, un jour, l'épopée de nos mœurs paysannes. Déjà, d'ailleurs, on en voit des envies dans les plus belles pages d'« Un homme et son Péché » : « Tous les samedis, vers les dix heures du matin, la femme à Séraphin Poudrier lavait le plancher de la cuisine dans le bas côté . . . ».

JEAN-LOUIS GAGNON.

Transcontinental
IMPRESSION
IMPRIMERIE GAGNÉ

IMPRIMÉ AU CANADA